# El último Talibrón.

(Tragicomedia novelada en Tres Actos… O  varios actores).

*Francisco Almagro Domínguez*

*2019.*

## ACTO PRIMERO

I.

El Director hizo una mueca sardónica. Revisaba los poemas finalistas del concurso sin interés ni conocimiento, incluso hasta con disgusto; ni le gustaba la poesía ni había escrito una estrofa en su vida. A ratos pasaba la mano por su calvicie incipiente, y murmuraba que aquello estaba difícil, que era muy competitivo, y no sabría decir qué poeta, en su criterio apócrifo, debía ser el ganador. El Director solo sabía que su tarea, puramente administrativa en este caso, era seleccionar el poema y el poeta –mancuerna ineludible- para honrar la Obra y al Comandante Filadelfo. Los detalles técnicos, estéticos, se los dejaba al resto de los jurados, sentados ahora alrededor de aquella mesa redonda, donde se sabían desiguales en razón de sus méritos y ascendencias al Chacal, el director del Órgano Oficial. Aunque tenía la última palabra, los demás sabían bien que como director del único diario nacional, y planas que eran revisadas por Filadelfo en persona antes de salir a la imprenta, estaba bajo constante escrutinio. No era un privilegio. Era una carga muy pesada para un par de hombros: los informativos de toda la Isla, incluyendo los noticiarios y el estelar de las ocho de la noche, Nadie-TV, copiaban las noticias nacionales y extranjeras de lo que por las mañanas publicaba el Órgano Oficial.

Ahora, frente a los tres poetas finalistas del concurso *Un Poema para la Involución,* su conducta revelaba incompetencia, indecisión, una señal que los subalternos pocas veces habían podido apreciar en muchos años de gobierno absoluto en el periódico. En cambio, Mancebo, Zapatico y Toro Sentado parecen disfrutar una de tarde de asueto, lejos de los teletipos, el ruido ensordecedor de la imprenta y los chismes de la redacción. Mancebo, por ser el editor y vicedirector había escogido su candidato desde el primer día, y no porque el poema tuviera imágenes iridiscentes, dignas de un retablo posmoderno; le gustaba como sonaba al final, cómo el poeta cerraba con esperanza tardía, y esa novedad, para él y en momentos aciagos, era lo que necesitaba la Involución. Zapatico también tenía el suyo, aunque dudada. Era su huella digital humana: dudar de todos y por todo, pues al ser la secretaria del Partido Único en el Órgano Oficial, lo único que no era discutible era la palabra del Máximo Líder, compañero Filadelfo, expresada, trasmutada, a través del Departamento de Orientación Involucionaria, oficina a la cual estaba adscrito el Órgano Oficial. Zapatico había visto al Chacal meterse en el túnel que por debajo de la tierra conectaba el Diario Oficial con el Palacio de la Involución. Del mismo modo, cualquier día el Chacal pudiera pedir una entrevista, cara a cara, con el compañero Filadelfo, y la carrera política de cualquiera de ellos terminaría en un campo de caña de azúcar o en una loma ignota, recogiendo café. Eso no le preocupaba al jefe de la página cultural, Toro Sentado, quien con sus trescientas libras de peso sí era poeta, había ganado un Concurso Casa de Miss Américas, y estaba de jefe de la página cultural por una razón que nadie podía adivinar. Toro Sentado era una extraña mezcla de funcionario-comisario y a la vez de poeta-periodista. Se había destacado en la toma de una radioemisora cuando Filadelfo avanzaba con sus tropas sobre la capital, y su mérito fue sostener el micrófono al Máximo Líder mientras este arengaba a la huelga general.

Toro Sentado mira a Zapatico y a Mancebo con recelo, y dice para sí que estos no saben nada de poesía, van a escoger una basura, y todo lo que he hecho hasta este instante, mi nombre en la gloria de la literatura tropical, quedará manchado para siempre por estos imbéciles; todo el mundo sabe que quien dirige la página cultural soy yo, el poeta a quien otro quitó la oportunidad de ser el Poeta Nacional, o el Poeta de la Involución. Por eso el Toro no ha escogido a nadie. Tiene los tres poemas en sus manos hace quince días, seleccionados por sus subalternos, y le ha parecido una mediocre elección. No los ha despedido porque sabe que de los dos, uno de ellos trabaja para la Inseguridad del Estado, un departamento del Ministerio del Terror, y no sabe todavía de quien se trata. Los dejó escoger entre ciento y pico de poemas; esta bazofia fue lo mejorcito que salió, le dijo a Luzmila, la hija del moreno casado la rusa, la traductora de ruso, ucraniano y hebreo —extraña pero necesaria mezcla de idiomas- del Órgano. De modo que Toro Sentado está en actitud contemplativa de monje tibetano, aunque con hambre de vagabundo, y pregunta, en medio de una decisión cultural trascendente, a qué hora rompe el guarapo y el pastelito de guayaba en la cafetería de los bajos.

Cada uno en lo suyo; los tres jurados no dejan de mirar al jefe, Chacal, quien en persona debe informar a Filadelfo por quien se decidieron, y se lo imaginan corriendo a través de los túneles que dicen hay debajo del Órgano Oficial y comunican, como en un laberinto medieval con el edificio del Ministerio del Terror, con el de las Fuerzas Desalmadas, y con el Palacio de la Involución. Comentan en el Órgano que Filadelfo no se retira a su casa o de la de una de sus queridas –suele ser la esposa de uno de sus amigos-, hasta que no revisa las planas y oye de la boca de Chacal los últimos chismes nacionales a internacionales. Filadelfo se refocila más por el subterráneo mundo de sus ayudantes y más cercanos colaboradores que en los extranjeros:

-Dime Chacal maravilloso, quien es el más traidor de mi reino.

Chacal suele repetirlo como una idea propia: la información es el arma más poderosa que existe. Hasta ahí llega. Le basta con eso. No necesita ni poesía ni poemas. Le alcanza a tener información para desinformar. Esa es su misión y su tesón. La poesía no es lo suyo. El solo cumple con una disposición del Departamento de Orientación Involucionaria del Partido Único. El Chacal sigue creyendo que componer versos y tocar la lira son asuntos de débiles y de sufridos, de tipos insatisfechos con su propio sexo, de equivocados depositarios de cimientes. Así que allí está, aburrido, presidiendo el Premio *Un Poema para la Involución*, y a su alrededor, muchos más interesados en apariencia, están quienes le envidian y a la vez se mofan de su incultura e insensibilidad. Solo al Mancebo parece agradarle la revisión de los finalistas, porque Zapatico choca sus tacones de estilete contra el piso —eso, precisamente, le ha ganado el mote- en señal de una ansiedad irreprimible. Toro Sentado no se sienta; deja caer sus centenares de libras en esa butaca estrecha porque la decisión está tomada: premiaran al laudatorio, al mediocre versificador que penetre el corazón de piedra de Filadelfo. Y para eso, el Chacal se basta y se sobra; pocos como él conocen la sensiblería lugareña del Máximo Líder.

-Este es un poco modernista para mi gusto. –habla al fin Chacal para romper el impase, Enseña el poema cual papel reciclable. Como todo un conocedor de la mística poética advierte: -Si, compañeros, ese poema se diluye en metáforas inalcanzables… hay que premiar algo que la gente entienda, que puedan recitar en las esquinas…

-Jefe, por favor, ya aquí nadie lee ni sabe poesía. –ahora es Toro Sentado, quien ha movido decenas de libras de grasa hacia adelante hasta tocar con su abdomen el canto de la mesa. -Hay que premiar a uno de los tres, y para mí, el menos malo es ese.

Mancebo lo mira de soslayo. ¿Qué se habrá pensado este gordo maricón?

-Pues a mí me parece que el ganador es el poema que ha escogido el jefe.-dice, y saca el peine del bolsillo, y lo pasa entre las hilachas del cabello negro, escaso ya, engominado.

-Sí. - lo apoya Zapatico, alegría de párvula: levanta la hoja que tiene en la mano.

En los ojos de la secretaria general del Partido siempre hay un vacío existencial, como el de una nodriza a sueldo.

-Bueno, tenemos que ponernos de acuerdo. -dice Chacal, tornando su vista hacia el rollizo responsable cultural. Con un poco de sorna, agrega: –Somos cuatro, no hay nadie para el empate.

Mancebo vuelve a insistir en la necesidad del verso fácil, realista-socialista y comenta, mientras guarda el peine en el bolsillo, que este es el Órgano Oficial, y hay que premiar y publicar lo sencillo, lo que llegue al trabajador en la fábrica o en el campo. La función del periodista e incluso del intelectual involucionario es, en primer lugar, hacer que la gente de pueblo, esa que está delante del horno, o cortando caña de azúcar, se identifique con el proceso, sea parte de la Involución. Para eso, compañeros, hay que formarlos –en este momento el Mancebo abre los ojos y estira la voz- y somos nosotros, los periodistas y los escritores involucionarios los llamados a esa tarea.

-Esos tiempos pasaron, compañero Mancebo. La gente no lee, métase eso en la cabeza…

- ¿Qué usted quiere decir, compañero *jefe-de-la-pagina-cultural*?

Me están poniendo mala la reunión, que era puro trámite, piensa el Chacal. Decide intervenir:

-Quizás lo que quiere decir el compañero Toro es que debemos buscar, como bien se ha dicho acá, poesía más elaborada y también, como argumenta el compañero Mancebo, algo que le diga al pueblo…

-Pues para mí ha quedado claro. El poema es este.

Zapatico saca de debajo de un folder una hoja amarillenta.

-Les voy a leer unas estrofas. –dice. Y clarea la garganta; engargola la voz imitando un locutor de radionovela:

*Desde las alturas la ciudad te contempla,*

*Todos saben que estas allí, encerrado*

*Entre misterios y soluciones, y de días,*

*Sin ver el Sol.*

-¡Compañera del Partido! Eso parece escrito en una celda, ¡por favor!

-¡Oh, el compañero de cultura es muy culto! –responde Zapatico en tono burlón, y enojada. –Pues, no compañero, esa imagen de este poeta nos hace ver, en el medio de la noche, de la madrugada, al compañero Filadelfo sin dormir, en su oficina, trabajando para el pueblo.

El Chacal voltea la cara hacia Mancebo, que como era costumbre, ha sacado el peine de nuevo, y peina la moña negra y rala, grasienta.

-Chico, ese poema no es de mi devoción, pero si el concurso del periódico se llama *Un Poema para la Involución*, pues bueno, ese es el tipo.

- ¿Entonces señores? Tenemos un poema ganador, ¿no?

-Mira, compañero director. –Toro Sentado hace una pausa. Está molesto, bufa. -Esto no es una democracia cultural. Han enviado poemas hasta del extranjero, hasta de la Ciudad del Norte, y nadie espera que una mediocridad como esa sea premiada. Eso no dice nada, a mí no me dice nada…

-Chico, compañero de cultura, a ti no te dice nada nada… pero tú no eres todo el pueblo.

Zapatico, levantada de su asiento, aun con la hoja en la mano no ha podido contenerse, como el político que debe ser.

Toro la embiste sin misericordia:

-No, compañera del Partido. No soy todo el pueblo. Pero soy responsable de que este periódico tenga un nivel cultural apropiado a las necesidades del pueblo… y eso es una mierda.

Chacal quiere calmar los ánimos. No es para tanto, compañeros. Si querían podían tirarlo a suertes. Bueno, dijo cuándo Mancebo y Toro sentado se miraron atónitos, a suerte no tanto, pero había que ponerse de acuerdo cual sería el poema por el aniversario de la Involución. No hay empate. Pero de nuevo, su decisión iba por el camino de Zapatico y Mancebo. Los otros versos eran raros, llenos de palabras que nadie entiende. Y este, en cambio, reflejaba la imagen del Máximo Líder, de Filadelfo, allá arriba en sus oficinas del Palacio de la Involución, trabajando a la hora que todos duermen, la ciudad en paz y con gloria.

-Si compañeros, este, para mí, es el mejor. ¿Cómo es que se llama el autor?

-Armando, Armando Fernández del Solar compañero director. - responde Zapatico.

-¿Armando Fernández? –pregunta Mancebo.

-Sí, ¿por qué?

-Hay un Armando Fernández, poeta, que es tremendo gusano, y si me permiten la palabra…

-¿Qué palabra? –pregunta el Director, muy interesado.

-Maricón, maricón de carroza.

-Venga acá compañero Mancebo, ¿y usted cree que un tipo así va a concursar en este periódico, que lo lee hasta el gato y lo dice bien claro, es el Órgano Oficial del Partido?

-Bueno, compañero, todo es posible. A lo mejor el tipo se ha reformado.

-¡Hay qué gracioso, Mancebo! –Zapatico se ha sentado. Cruza las piernas para evitar el taconeo. -¡No me digas que la mariconería se reforma, chico!

-¿Tú te refieres al poeta Armando Guerra, al que le pasaron la cuenta en el Decenio Negro? –pregunta Chacal, mejor informado en grises historias involucionarias y decapitaciones culturales.

-Sí, ese mismo. Bueno, supongo…

-Pues para mí, eso no le hace. –dice Chacal. -Sea quien sea, este Armando Fernández del Solar, para mí es tremendo poeta y es el ganador.

-Para mí también, compañero director.-lo secunda Zapatico mientras recoge sus pertenencias en señal de haber terminado su participación. Y advierte, de pie: -Ya se encargará el Ministerio del Terror de decirnos quién es ese Armando, si todavía Armando es guerra, o ahora es un pacifista.

Toro Sentado no quiere levantarse. Esta clavado en la silla, y no es por su peso de dos quintales. Algo le dice que están iniciando una cadena de errores que pueden costar el puesto a todos. Antes que traspasen el umbral de la puerta, aun sentado en la silla que lo ciñe, dice:

-Ojalá no se arrepientan de haber premiado a ese tal Armando Fernández del Solar.

II.

Armando creció entre botellas de ron, humaredas de puros y cigarrillos y conversaciones hasta el amanecer, que entonces no entendía y después supo que eran amigos de su padre primero, escritores, poetas, escultores y músicos después. Era un extraño universo donde se confundían los tonos, las caras, y abundaba la cita autorreferencial, la crónica de este que vino de un viaje reciente –"¿y lo viste? ...! un horror el Guernica en el MoMA todavía!"-; aquella señora encopetada, vieja dama sin medallas, luciendo sus alhajas en medio de una sala de paredes descascaradas; premieres de trovadores, de los viejos, allí con sus guitarras y un estreno mundial para ustedes, decían. Inolvidables dos o tres escenas, teatrales, de la vida real, como la del poeta lánguido, de ojos extraviados, como de vaca cagalona, quien arrimó a su silla el cesto de basura y fue leyendo poema a poema, dándole candela al final, como en un acto de suicidio cultural –"este ya nadie volverá a leerlo de nuevo"-; fuego y al cesto, ni cenizas quedarán. Y el público, con Armandito escondido detrás de las butacas, cada vez que una hoja desaparecía ennegrecida, chamuscada, en el latón, se lamentaba, -"!ohhhh, no, no más, por favor"!- como si les torturaran el espíritu bajo fuego inquisitorial. A partir de aquella escena, inolvidable, cambiaron los contertulios y los temas habituales de su casa.

Ya no se hablaba de poesía, de novelas y viajes, canciones o cuadros bocetados, sino de hacer algo, de una rara unión para frenar no se sabía qué cosa. Fueron cada vez menos los reunidos en aquellas madrugadas de alcohol y olores a hierba calcinada. Como si una sombra los hubiera espantado, Armadito recordaba la sala de su casa con apenas tres o cuatro nuevos amigos del padre, ahora más jóvenes, más raros, amanerados, pajaritos, chernas, les decían en la escuela a los niños que querían ser niñas. Y un día, para rematar los cambios más drásticos de su corta existencia, entró al cuarto donde dormían sus padres y en la cama vacía vio una sola almohada.

-Es tu madre, que se ha ido. Ahora yo voy a cuidarlos a ustedes, a ti y a tu hermana. - dijo la abuela sin echar una sola lágrima.

-Pero… ¿A dónde?

-A casa de tu otra abuela, con su madre. Ya te explicara tu papá cuando venga del trabajo.

De ahí en adelante Armandito tenía un gran desorden de fechas y sucesos, sin comprender que había sucedido, antes o después. Porque recuerda haber estado esperando al padre hasta altas horas de la noche, sin decirle nada a su hermana menor, y nunca apareció por la puerta. Entonces, ¿quién se había marchado primero? ¿Una sola almohada en la cama? Y pasaron los días, tal vez un par de semanas, la abuela llevándolo a la escuela por la mañana, la tía recogiéndolo por la tarde, hasta que, picado por la ira decidió enfrentar al abusador del aula, que nada le había hecho a él. Lo llevaron a la dirección del colegio y llamaron a la casa, y quien vino a buscarlo fue la madre.

-Te vas conmigo y dormiremos los dos en la sala, pero ahí, con tu padre no te quedas ni un día más. – dijo ella.

El desconcierto de Armandito no hizo otra cosa que crecer. Nadie le explicaba nada. La abuela paterna vino a verlo un par de veces, y cuando el niño preguntaba por su padre, y su hermana, que había quedado del otro lado de la familia, le decía que estaba bien, cortando caña en una provincia lejana. Armandito pidió ir a verlo. No puedes, dijo la abuela, porque es como una unidad militar, no dejan entrar ni salir. Y así, sin padre y sin hermana, Armandito terminó el cuarto grado con pésimas notas, en bronca todos los días con los morenos que querían quitarle la merienda al *blanquito*.

Armando Guerra escribía todas las semanas. Las cartas, enviadas a la dirección de su suegra con toda intención, para que fueran leídas por la esposa y los hijos; pero de la misma manera eran guardadas en el escaparate de cedro de la abuela, bajo llave y doble candado. La esposa era la única que abría las cartas. Las leía varias veces. Nadie más. Armando Guerra, quien en su primer poemario se había puesto ese alias para el Concurso Casa de Miss Américas, era en otra época Armando Fernández. Así que para tranquilizarse la conciencia, ella decía que era a un tal Guerra quien las remitía, y no el Fernández que ella había conocido de novios. A tal Fernández podía perdonárselo todo, incluso esa defección histórica hacia el gobierno involucionario. Pero de guerra eran aquellas interminables reuniones en su casa, con intelectuales y aspirantes mediocres a serlo, aquellos hipócritas que venían a rendirle pleitesía al poeta de *Dentro del Recreo,* el fatídico libro que ganaba enemigos por doquier después de ser premiado en la Desunión de Escritores Organizados, DEO por sus siglas. Lo imperdonable para ella era haber visto a Armando Fernández una noche en medio de la sala de su casa sodomizando a un imberbe bardo matancero, quien recitaba de memoria estrofas de *Dentro del Recreo.* Era una extraña escena wagneriana: el juglar bisoño recitando estrofas mientras soportaba, estoico, la lanzada de un viejo poeta retribuido.

-No es lo que imaginas. - dijo Armando mientras la veía meter la almohada en su equipaje de precipitada.- Es una vieja costumbre de los preceptores griegos antiguos. El llamado *logos espermaticus*: la sabiduría del semen profesoral….

La madre de Armandito no habló. Sabía perfectamente que si le contestaba iba a caer otra vez en la misma: él la convencería de que era un acto de entrega, de misericordia, de vocación pedagógica. Y no era la primera vez, ni Armando Fernández, ahora Guerra, el sodomita, el activo, el macho dando espuela. De novios lo había visto desnudo en una caseta de la Playa de Guanabo con el salvavidas mulato que se hacía llamar Tres Patas. Ella pensó que eran cosas de solteros, de juegos, intercambios de trusas y cariños. Lo iba a curar. Cuando Fernández sintiera, de verdad, las bondades de una oquedad caliente, húmeda y tierna, Tres Patas sería un mal recuerdo. Pero ahora sabía que había fracasado. La noche que lo sorprendió en la sala, según él, en una lección de lírica seminal, estaba más disgustada consigo misma que con el poeta Guerra.

A pesar de eso, siguió estimando al Armando intelectual, sobre todo al contrainvolucionario, quien se había negado a firmar la carta contra otros literatos de la Desunión de Escritores, y en represalia fue enviado a las Unidades de No Aptos para la Involución, las temibles UNAPIN, el lugar donde Filadelfo tenía en condiciones de aislamiento social sanitario a todos los desviados, flojos, enfermos, y así una infinita cantidad de adjetivos en los cuales el Máximo Líder era ducho en etiquetar a sus enemigos. Ella creyó que Armando iba a darse banquete dentro de aquella jaula, todos encerrados, juntitos, bailando bajo las estrellas de las duchas y el calor de la tierra brava. Pero el Armando Guerra que salió de aquellos campamentos inmundos fue un espectro; un hombre incapaz de sonreír.

Armandito nunca supo de los días y las noches del padre, recluido en su casa, sin trabajo ni amigos, la abuela enferma. Nadie contrataba a Armando Guerra, ni siquiera cuando enseñaba el título de traductor de francés, inglés e italiano. Ruso, le decían, aquí lo que se necesita ahora es ruso. La hija, quién en poco tiempo también se fue a vivir con su hermano y su madre, llegó un día de la escuela diciendo que la maestra la puso como ejemplo de una *hija-de-gusano* que estudia gracias a la bondad de la Involución. Preguntó a su madre, entre lágrimas, por el monstruo de su padre; el abandono, haberse convertido de ser un padre cariñoso y comedido, en un hombre despreciable, solitario, que no venía a verlos, y lo peor, ser enemigo de Filadelfo, el Líder Máximo, quien tanto hacía por los niños y su felicidad en la Isla. Entonces la madre tuvo que explicar que, Armando Fernández, como casi todos los jóvenes de su generación, apoyó la causa Filadelfista sin necesidad pues vivían muy cómodos en el reparto Bobera, iba a una escuela católica y se había graduado de letras y filosofía en la universidad capital, además de pasar varias etapas en el París de los escritores y el Nueva York de los poetas Beatnik. Pero la vida cambia. Las personas no siempre piensan igual, aunque sus sentimientos sean los mismos, dijo a la hija. Para que no dudara de la dulzura del que se hizo renombrar con apellido bélico, sacó una de las cartas, y leyó algún pedazo, al azar, en ese lenguaje críptico en el cual Armando, para escapar a la censura de los oficiales a cargo de las UNAPIN, y mantener el filo de su poesía, lograba escribir a ratos:

"Se *asombrarían ustedes, hijos míos, de ver el amanecer en el campo. Eso es algo vedado a los citadinos. Cómo la hierba que hoy parece muerta, aplastada, inocente, en la mañana y tras el rocío, se*

La madre no volvería a vivir otra vez con Armando Fernández. Ayudaría a Armando Guerra. Lo estimularía para que volviera escribir. Una noche de verano, atribulada por los apagones y el mísero sueldo de maestra, confesó a los hijos que habían sido injustos con él y con mucha gente.

Quien no parecía dispuesto a perdonar a Armando Guerra, el poeta contrainvolucionario era su hijo, Fernández del Solar. La herencia de un desafecto involucionario lo perseguía con saña. Le negaron la militancia de Joven del Partido sin explicaciones. Un profesor más que otro, después de apreciar el talento para la escritura, pronosticaba un futuro incierto debido a que dos Fernández, poetas y escritores, no cabían en el mismo retablo cultural, en el podio de las letras nacionales, si uno de ellos era un enemigo jurado de la causa Filadelfista. Armandito no llegaba a un aula sin que el fantasma del *hijo-de* no lo estuviera esperando en la puerta. El acoso invisible desembocó en una venganza personal contra todos y contra todo, especialmente contra quien, olvidando su responsabilidad de padre y esposo, los había conducido por la senda del abismo contrainvolucionario –y eso, sin conocer todavía que Armando Guerra, su padre, era un homosexual impenitente.

De modo que se propuso hacer carrera a como diera lugar. A pesar de que el magisterio fue la única opción que tuvo para entrar en la universidad, allí desarrollaría todo su talento, como líder juvenil y como denunciante de proto-contrafiladelfistas. La sociedad cultural iba olvidándose del Decenio Negro. Los artistas y escritores borrados de los manuales, libros de textos, enciclopedias y catálogos volvían a esas páginas. Era la única oportunidad para Armando Fernández hijo, cuyo único agradecimiento al padre era haberse puesto un apellido combativo para diferenciarse. Esta, se dijo Armandito, sí iba a ser propia guerra, la negación dialéctica, como decían los manuales, de su progenitor.

Los astros se alinearon a favor del nuevo Armando Fernández al terminar la Universidad; excelentes notas y uno de los líderes de la FEO, Federación de Estudiantes Oportunistas. Se rumoraba en los pasillos que el llamado Campo del Sociolismo, los que cambiaban a Filadelfo los espejitos por oro, estaban en bancarrota, se retiraban del negocio después de comprobar que el pulido de los cristales se hacía a la sombra, y no bajo el sacrificado calor del Trópico. Nadie supo jamás que tenía que ver aquello con reflejar el rostro del abandono y la traición, pero la Isla quedó al pairo. Era hora de rescatar el hechizo involucionario; reciclar la insularidad como destino manifiesto. A través de la cultura, y tras desaparecer el Sistema de Países Sociolistos, la Isla y Filadelfo volvían a ser noticia: ¡resistencia!, gritaba Filadelfo lo mismo en una bodega que en un museo de arte rupestre. Y sus ministros, directores, militares y desempleados a tiempo completos también repetían: ¡resistiremos ante el enemigo norteño, Comandante! La causa Filadelfista ganaba adeptos: ¡psicópatas y descerebrados del mundo, uníos! Los concursos y los convites internacionales llovían: ¡todos a la Isla, bastión del Sociolismo irredento!

En la universidad se desató una batalla entre quienes decían que había llegado la hora de producir oro por cuenta propia, regresar a la era de los alquimistas, y la taumaturgia medieval, todos apoyando la corriente Nacionalista-Filadelfista de no torcer el camino de la Involución, y los otros, quienes, convencidos de la caducidad del régimen, y la imposibilidad de producir oro, espejitos, incluso nuevos amigos, creían que el Máximo Líder debía anunciar su jubilación definitiva.

Fue la oportunidad para el nuevo Gilgamesh apellidado Fernández. Allí nadie lo conocía o simulaban no conocerlo. Y Armandito desplegó todo su talento, además de especializarse en literatura y español, en descubrir nigromantes disfrazados de falsos involucionarios. En especial, dedicó horas a estudiar la sintaxis anti-Filadelfista; como ocultaban en notas de clase y conferencias, alumnos y profesores, ideas revisionistas, desviaciones ideológicas de la doctrina Filadélfica y Sociolista. Armandito Fernández tuvo una nota destacada en el Proceso de Supuración Involucionaria, cuando fueron expulsados, solo de la facultad formadora de maestros, más de cien alumnos y profesores. No continuaron porque hubo queja del Ministerio de la Mala Educación (MIMEDU): ¡compañeros, nos van a dejar sin maestros!

A los oídos de Armando Guerra, derrotado, solo, sentado en un butacón desvencijado y rodeado de miles de libros amontonados en estantes llenos de comején, recibía la visita de nuevos sodomitas con ínfulas de poetas. Ya no recitaban *Dentro del Recreo*, pero traían noticias frescas, chismes de la Desunión de Escritores, cada día menos escritores y más unidos alrededor de Filadelfo. Armando no dejaba de acariciar su gato, Caín, mientras sin mostrar asombro, oía que el Ministerio de Incultura estaba al rescate de literatura y la plástica autóctona; querían abandonar el realismo-colectivismo del Campo Sociolista, ya inexistente; regresar a la cultura insular porque era lo que vendía. Y que el Decenio Negro, que había acabado con la vida, literalmente, de decenas de artistas y creadores, era cosa del pasado. Por chiflado que pareciera, el régimen estaba abriendo una puerta al reciclaje cultural.

-Es su hora, Armando, no la desaproveche.

Caín, el gato, no protestaba. Pero dolía. Dolía cuando Armando Guerra, oyendo los relatos sobre el Proceso de Supuración en las universidades, y al mismo tiempo la nueva manga ancha del Ministerio de Incultura para los sobrevivientes del Decenio halaba las orejas peludas sin darse cuenta que el gato tenía varias vidas.

III.

¿Quién le habría puesto un apellido así, Capanegra?, se preguntaban todos en el Órgano Oficial. Al padre, que no le gustaba el ajedrez, respondió el cajista, burlón. El apellido se hereda, no se pone, dudaban todavía los colegas del periódico, no intoxicados por el plomo y las malas noches de la primera edición. Eso no importa, caballero, el hombre es hijo de un chino con una mulata, y los chinos, para pasar por insulares y conseguir trabajo, cambiaban los apellidos, explicaba una y otra vez el tipógrafo, sin que le hicieran mucho caso. El cajista conocía como pocos a Pepe Capanegra. Habían trabajado juntos antes de entrar en el Órgano Oficial; Capanegra de periodista y redactor del periódico *Ayer;* el tipógrafo como lo único que sabía hacer, compaginar sobre la caja plúmbea. Trabajar para la publicación semiclandestina era una labor arriesgada. Durante la dictadura del *Indio* –así le decían al general Sol – el diario *Ayer* fue cerrado un par de veces, perseguidos sus periodistas y trabajadores. Después autorizaron la impresión de unos pocos ejemplares, para consumo del Partido, y contentar a los agentes de la Desunión Sociolista, el país que en realidad pagaba por el papel, lo empleados y la distribución dentro y fuera de la Isla. En el tiempo de clausura y clandestinidad, Capanegra se hizo una historia de héroe dentro del Partido que le sirvió para ser nombrado miembro del secretariado y jefe de propaganda. En cada ocasión que el Indio, para dar una imagen de democracia y libertad reabrió *Ayer*, Capanegra fue por cada uno de los trabajadores originales, aquellos que arriesgándolo todo, regresaban a sus oficios sin otra intención que hacer el periódico a muy bajos réditos personales.

Al triunfo de la Involución, Capa, como le decían los empleados del Órgano Oficial, pasó a ser oficial del Ministerio del Terror, vocero y director del diario Isla Verde. Se llevó con él a casi todos los trabajadores de *Ayer*, como siempre, y al tipógrafo incluido. Con sus grados de capitán, una madrugada de abril, recibió en los bajos del edificio, donde estaba la imprenta, al Comandante Filadelfo.

-Vengo a ver como esta todo por aquí, Capa. -dijo.

-Pues aquí nos ve, Comandante, haciendo Involución.

Filadelfo se interesó por la tinta y el papel. Y como el ruido de las maquinas lo molestaban, ordenó parar la impresión recién comenzada. El chino mulato Capanegra no pudo ocultar el disgusto. Eso no se hace. Pero Filadelfo sabía cómo pocos leer los ánimos de los demás.

-Ese ruido no los va a dejar oír. Además, vas a tener que cambiar los titulares. Es más, vas a tener que cambiar hasta la marquilla, el nombre del periódico.

Capanegra supo entonces, sumergido en una cortina de humo –no era la que despedía el puro de Filadelfo-, que aquella visita seria histórica.

-Capa, ha llegado la hora de renombrar este periódico –dijo el Comandante con franqueza de viejo amigo. - Vamos a aumentar su tirada, hacer de este el Órgano Oficial del Partido Único.

De modo que Capanegra, el hombre maduro que peinas canas y está sentado al final del pasillo y parece un simple empleado en función de corrector de estilo, fue el primer director del diario. El cajista contaba la anécdota a quien pudiera interesarle, pues él estaba allí esa madrugada fundacional. Pero a muy pocos jóvenes, egresados de la universidad y colaboradores profesionales del Órgano actual les interesaba oírla. Por cortesía, misericordia hacia el viejo tipógrafo, prestaban oídos sordos mientras compartían la merienda o el almuerzo frugal en la cafetería del edificio.  Quienes siempre han estado muy interesados en la opinión de Capa son el Director y Zapatico, por razones obvias.

Frisando los sesenta, Pepe Capanegra toma los artículos de quinientas palabras y los desguaza hasta dejarlos en menos de doscientas. Había aprendido el oficio con los viejos redactores y correctores que venían de principios de siglo, cuando hacer espacio era una necesidad ante la premura por dar un palo noticioso o un anuncio comercial de última hora para un poderoso comerciante.

-Esto es una mierda, hijo… lo que se puede decir en un par líneas no se estira a cuatro, esto no es una novela… Si quieres hacer literatura, mija, este no es el lugar… Revisa la última línea, acuérdate de lo que te dice este viejo en el oficio, la primera línea debe atrapar, la última dejarte sin aire… ¡Coño, cuantas veces tengo que decirte que los adjetivos innecesarios son las arrugas del castellano, compadre! Oiga, periodista, coja un poco de *bibliotecoterapia* porque usted está perdido en historia, mi amigo…

Sin embargo, la utilidad de Capanegra no era tanto su oficio y olfato, como su astucia para saber lo que estaba bien con Filadelfo y la línea del Partido, que a veces daban la sensación de paralelismos y no de convergencias. Aunque el director podía deambular por los túneles que intercomunicaban todo el sistema de edificios y cloacas debajo de la Plaza de la Involución, sabía que el Capa solo tenía que llamar a uno de los ayudantes de Filadelfo para verlo en persona. Nadie podía saber con certeza si tras ese escritorio abandonado al final del pasillo, detrás de una mesa llena de papeles y lápices bicolores –azul y rojo, los preferidos del corrector en jefe-, aún estaba un oficial activo del Ministerio del Terror, el compañero José Capanegra. Así que antes de una decisión tan importante como otorgar un premio de poesía a un joven de quizás dudosa ascendencia Involucionaria, lo más aconsejable era consultar a quien era, políticamente hablando, el más entendido en esa materia en todo el Órgano Oficial.

-Este concurso deberían haberlo cerrado hace tiempo. Fue lo que yo recomendé.

Zapatico había extendido el sobre con la poesía ganadora, y no le preguntó por la calidad poética, sino por su consejo político. Capa había conocido y leído a todos los poetas que abandonaron la Isla al triunfo de la Involución; atesoraba en sus estantes, escondidos en el baño de su casa, ediciones príncipe de cada uno de ellos, con sus respectivos autógrafos. Explicó a la compañera del Partido del Órgano Oficial que los concursos siempre eran riesgosos, sobre todo si estaba la figura del Máximo Líder por medio. No había manera de escapar a la adulación, por una parte, y por la otra, a la apatía subversiva. El verso político es muy resbaladizo, continuó con su lección de Maquiavelismo literario; está el problema de quien es el autor, porque en efecto, si este es el hijo del Guerra que yo conozco, podemos estar en problemas… a no ser…

Zapatico dejó de taconear. Son los instantes, contrario a lo habitual, en que ella alcanza serenidad contemplativa.

-A no ser que este sea el hijo del contrainvolucionario y ahora el chiquito está de nuestro lado.

- ¿Y tú conociste al gusano ese, Capa?

- ¿A quién yo no conozco en este pueblo, mija? Yo estuve allí la noche en que aquellos tipos confesaron en la Desunión de Escritores que eran todos unos flojos, unas mierdas…

-Entonces este puede ser hijo del tal Guerra o el Fernández?

-Puede ser. Fíjate, es una jugada interesante, de las que le gusta al Comandante… le gusta ver cómo los enemigos se pliegan, se rinden y se convierten; los hijos los traicionan porque encuentran la verdad, la razón de la Involución, que todo tiene que ir pa'trás y nada pa'lante.

-Capa, esta es la mejor poesía, lo demás no sirve…

-Sí, yo sé. Yo sé. Si fuera tan fácil no hubieras venido a verme.

-Todavía tengo que hablar con los compañeros del Departamento de Orientación Involucionaria y el oficial del Ministerio del Terror que nos atiende.

-Ese último déjamelo a mí… ven acá, disculpa que te pregunte, pero ¿no había otro poeta menos conflictivo?

-Ya te lo dije, era lo mejorcito que había. Así y todo, Toro Sentado…

- ¡No, no me hables de ese tipo! – Interrumpió Capanegra con un gesto brusco. - Él siempre va a la contraria de todo el mundo.

-Sí, chico, no sé por qué todavía lo tienen de jefe de la página cultural.

-No se lo digas a nadie, pero el Director me ha dicho que cada vez que se lo quiere quitar de encima, lo llaman del Partido y le dicen que tiene que estar aquí porque es una gloria de la cultura nacional. ¿Tú puedes creer eso, chica?

- ¡Que gloria ni gloria! ¡Ese lo que es un maricón tapiñao!

-Bueno, lo que sea. Pero está ahí. A ver, déjame la poesía esa aquí, que la voy a revisar y hacer un par de llamadas por teléfono y después te digo.

El oficial jubilado del Ministerio del Terror y ex analista principal de la anti-inteligencia José Capanegra, no tuvo que esperar mucho tiempo en la línea telefónica; el viceministro en persona iba a recibirlo en su oficina esa misma tarde. Conocía el edificio, situado justamente frente al Palacio de la Involución; se accedía a las oficinas del ministro, través del parqueo, fuertemente custodiado. Por la manera en que sorteaba cada posta supuso que había órdenes de darle paso expedito.

- ¡Capa, cará! -dijo el viceministro estrechándolo en un fuerte abrazo – ya no vienes por aquí a ver a tus antiguos colegas.

-No hay tiempo, Zambuca. Nadie tiene tiempo para eso.

El general Zambuca lo invitó a sentarse en una salita de reuniones, aledaña a la oficina y pidió por el intercomunicador que hicieran un buen café. Capanegra fue al grano: en el concurso de poesía que convocaba el Órgano Oficial -y que él había cuestionado varias veces-, iban a premiar a un individuo que pudiera ser hijo del siquitrillado Armando Fernández, Guerra, o como se llamara ahora; el mismo que ambos trabajaron juntos en la Operación Profeta. Zambuca sonrió. Se acordaba del tipo, de su flojera, como se partió como una caña brava. Pero nunca denunció a sus compinches ni a quienes pagaban en el extranjero la edición de sus libros.

Las dos tazas de café humeante interfirieron la conversación. Cuando la secretaria se retiró, Capanegra dijo:

-No acostumbro a tomar café tan tarde. No duermo. Cosa de viejos.

-Yo tampoco. -dijo el general. - Pero hoy me espera una noche muy larga… Mira, Capa, esto tú debías saberlo. Cada vez que una institución del Partido convoca un concurso libre, los nombres se los pasan a la dirección de anti-inteligencia y esta lo consulta con el departamento de Orientación Involucionaria. Desde que el Director de tu periódico comunicó que tenían los tres finalistas, analizamos a los autores, se hizo un perfil de cada uno, y ese, el que mencionas, es un objetivo para nosotros…

Capanegra no comprendía muy bien a su ex colega, ahora general, viceministro del Terror, ¿objetivo para el Ministerio?

-Mira, no puedo darte más información porque está muy compartimentada. Nos interesa que ese muchacho, que por cierto es un líder universitario, un involucionario y no como su padre, y en bronca con él, gane el concurso del Órgano Oficial, ¿entiendes ahora?

Capanegra supo que todo estaba en manos de sus ex colegas, que no se trataba de una simple selección de lírica patriótica. Y preguntó que más podía hacer, dentro del periódico, para ayudar. Zambuca tomó la taza de café vacía de sus manos. El viejo oficial, disimulado como corrector de estilo del periódico del Partido Único quería, necesitaba ser útil todavía a la policía política.

- ¡Capa, cará! ¡Tú siempre tan fiel al Comandante y a la Involución! -lo despidió el general Zambuca con otro abrazo en la puerta de la oficina.

Regresó al periódico anocheciendo, y llamó a casa, y le dijo a su esposa que iba a llegar tarde. Había mucho trabajo pendiente, mintió. A esa hora llegaba la gente del turno de madrugada para terminar e imprimir la primera edición. Y le extrañó ver al cajista, en edad de jubilación, en ese turno laboral.

-Los jóvenes no quieren trabajar, Pepe. -dijo el tipógrafo al topárselo en el lobby del edificio.

-Ni los jóvenes ni los viejos. -bromeó Capanegra con quien todavía lo llamaba por su apodo juvenil.

Regresó a su escritorio y se dejó caer en la silla. Delante de él, la poesía ganadora. Oculto, quién era el autor y qué querían de él. Abrió el sobre y leyó, en voz baja:

*Desde las alturas la ciudad te contempla,*

*Todos saben que estas allí, encerrado*

*Entre misterios y soluciones, y de días,*

*Sin ver el Sol.*

- ¿Que mierda es esta? -dijo lanzando sobre el escritorio las estrofas del tal Armando Fernández del Solar.

IV.

Para bien o para mal, no lo sabía Armando Guerra, las cosas estaban cambiando demasiado rápido. Filadelfo lo había anticipado, como casi toda desgracia que se le venía encima; maestro de la riposta, tras la renuncia del Campo Sociolisto a comprar espejitos insulares, hizo su propia Involución sin el tutelaje de sus anteriores clientes. Los amigos de los Países Sociolistos abandonaban, poco a poco, la sociedad primitiva en que habían vivido, traicionando el legado del Sociolismo, primera etapa en la construcción del Primitivismo Colectivo. En las Naciones Sociolistas los ciudadanos ya no serían obligados a vivir en una especie de cuevas colectivas de cemento prensado; no volverían a comer todos juntos de la sopa social, cocinada en medio de la calle –la llamaban *sopasa* y la gente decía ¡Sooo, pasa!, porque era difícil de tragar. Tampoco embullarían a sus ciudadanos para al disfrute sereno, saludable, de bañarse en los aguaceros y las cloacas más cercanas a la gruta de residencia en vez de escoger las playas de arena fina -¡Oh Pilar, dónde te metiste, golosa! El Comandante, tan anticipador como era, había copiado al carbón aquellos desvaríos y ahora se encontraba con que nadie quería comprarle los espejitos mal pulidos por oro, sino oro con oro, el brillante, maleable y pesado mineral producto de la fusión nuclear. Así que listo como pocos, vio la oportunidad de su vida y en una madrugada cualquiera, una de esas en las cuales se le ocurrían las conspiraciones más grotescas, le dijo Pérez-Chapucero, jefe del Departamento de Orientación Involucionaria y al viceministro del Terror y jefe de la Anti-inteligencia, general Zambuca, que la cultura era la única posibilidad para salvar la Involución. Era un plan concebido en sus pesquerías los fines de semana, allí, debajo del agua, tratando de darle a los pejeperros que se escondían de los arrecifes intuitivamente. La cultura, repetía dando zancadas de un lado para otro, la cultura nacional, esa es la que nos salva porque, a fin de cuentas, habían estado copiando de los supuestos amigos, y los compatriotas, los insulares, jamás habían vivido en cuevas, ni comido sopasa, y mucho menos le gustaba bañarse en los aguaceros, a no ser el primero de Mayo, y no por el Día del Obrero, precisamente. Pérez-Chapucero, que oía con atención y cierto estupor, preguntó de dónde iba a sacar tantas viviendas, comida, hacer que los turistas extranjeros toleraran en sus playas a los insulares, mal acostumbrados a la suciedad de la cloaca y la fría agua de lluvia. Filadelfo montó en cólera:

-¿Y qué quieres que yo haga, chico? ¡Esa gente me ha embarcado con el Sociolismo este!

Pero las órdenes estaban dadas, y deberían permanecer en secreto. El pueblo comenzaría a dejar de comer sopasa y tendrían que masticar libros y poemarios, dormirían en los brazos de las esculturas o debajo de los performances con techo, disfrutarían playas virtuales – ¡Zambuca, encárgate de comprar esos espejuelos en el Norte sin que nadie se entere!-

e irían al mar ficcional con trusa, aro y paleta. Pérez-Chapucero fue todavía más atrevido. Preguntó al Comandante como convencería a todos los artistas defenestrados en el Decenio Negro de volver a escribir, a filmar películas, a darle forma a un pedazo de mármol o color a un lienzo. Filadelfo apeló entonces a su sabiduría de lo peor del corazón humano. El creador, por naturaleza, es narcisista, dijo. Necesita ver su obra publicada, mencionada, premiada. Vamos a reditar a todos aquellos que le cortamos las alas hace unos años, a los que se han quedado en la Isla sin poder volar, y están viviendo, tal vez, peor que los indios. Y concluyó el Máximo Líder:

-Y eso te toca ti. –dijo señalando a Pérez-Chapucero. – Yo sé que en aquella época tú no estabas en el departamento, pero si en el Ministerio de Incultura. Y ellos también saben que te opusiste, débilmente, pero te opusiste al proceso de supuración cultural.

-Comandante, yo…

-Nada, no digas nada. –lo detuvo Filadelfo. –Te la deje pasar porque eras un cuadro del viejo Partido, y hombre de confianza de la Unión Sociolista… pero bien, te ha llegado el momento de gloria: rescatar la Incultura Nacional. Es tu departamento y no el ministerio quien fija la política cultural de la Involución, nunca te olvides de eso, Chapucero.

-Como tú sabes, Armando, es el Departamento de Orientación Involucionaria quien fija la política cultural de esta Isla.

Armando no estaba sorprendido de tenerlo enfrente. Pérez-Chapucero, en persona, sentado en la sala de su casa, rodeado de anaqueles apolillados, olor a humedad y abandono. El poeta Guerra, acariciando su gato Caín no con suavidad sino con rabia contenida, simulaba escucharlo con atención. El jefe del departamento del Partido había venido a proponerle volver a la Desunión de Escritores, y quizás asumir la responsabilidad de la sección de literatura. El actual funcionario a cargo era un jovencito que se creía cosas.

-Ese muchacho solo piensa en viajar, Armando, ya queda poca gente como ustedes.

-Porque los hicieron irse de la Isla, Pérez. – respondió el poeta algo desencajado, apretando a Caín.- Los hicieron callarse o pasar al olvido, al inxilio, como le dicen ahora a estar encerrado entre estas cuatro paredes.

-Eso fue en otra época, Armando. La vida cambia. Todos cambiamos.

-No, Pérez, todos no cambiamos, mírate a ti, un todopoderoso del Partido.

Pérez-Chapucero río sin ganas. Permitía aquella licencia solo porque tenía una misión que cumplir; rescatar a todo aquel artista lacerado, indefenso, y tirado a su suerte como Armando Guerra; a quienes todavía estuvieran en la Isla, callados, sin unirse a la oposición ni buscaban publicarse fuera del país, en las editoriales enemigas. Pero la conversación era una pista de dos vías: Armando lo conocía desde tiempos insurreccionales, y ciertamente, aunque no muy culto ni leído, -y tal vez por eso mismo- fue de los pocos en el Ministerio de Incultura que expresó su inconformidad con el Caso Profeta. No hizo nada por detenerlo. Acaso no podía. Sin embargo, insistió en sacar a Armando y otros intelectuales de las UNAP con el argumento, premonitorio, de que aquello iba a costarle muy caro a los involucionarios con el resto de los intelectuales del mundo.

- ¿Tú me estas pidiendo que vuelva a reunirme con los mismos que me hicieron talco, chico?

- De esos tiempos no queda casi nadie, Armando. Y fíjate lo que te voy a decir, y que no te suene a oportunismo ni venganza; esta es tu oportunidad de hacer justicia, de volver allí y mirar de frente y con la cabeza en alto a los mismos que un día te sentaron en esta sala sin poder defenderte ni publicar un libro…

-Mira Pérez, y esto te lo digo de corazón, yo no tengo gandinga para regresar. Puede que la gente sea otra, pero el problema es el mismo… mira, mejor te vas.

Quiero tener un recuerdo bueno de esta conversación.

El jefe del departamento del Partido se levantó de la butaca desvencijada lentamente, le dio la mano y alargó una tarjeta. Caín, una vez más, aguantó el jalón de las orejas.

-Piénsalo con calma y me llamas a este teléfono. –y en tono difícil de descifrar, agregó: - No todos los días se recibe en casa a un alto dirigente del Partido. Ya te podrás imaginar a nombre de quien estoy hablando.

El funcionario iba a entrar en el automóvil cuando pasó junto a él un joven de unos veinte y tantos años, quien por su estatura y cara no podía negar que era hijo del poeta. Fue hasta la puerta, y le dio un beso a Armando, cuya costumbre era permanecer en el dintel hasta que el visitante se fuera.

-Y ese, ¿es tu hijo? -grito Pérez-Chapucero ya sentado en el auto.

-Sí, hoy le toca visitarme.

- ¡Ojala escriba como su padre! –dijo el funcionario con el motor en marcha.

Una vez adentro, Armandito no pudo detener su curiosidad:

-Pipo, ¿ese es el tipo que yo me imagino, el que sale en la televisión?

- ¿Quién?

-El tipo del Partido, habla en todos los eventos culturales…

-Puede ser, hijo… a ver, ¿qué te trae por aquí?

Se sentaron en la sala, en las dos únicas butacas que quedaban con vida. Las relaciones entre padre e hijo habían mejorado en las últimas semanas, cuando se hablaba de una crisis de alimentos y transporte como no se había visto antes en la Isla. La madre de Armandito había suplicado que le diera vueltas al padre, le llevara algo de comer, porque era un inútil para la cocina y para forrajear los víveres, escasos, por la ciudad.

El muchacho volvió a insistir.

-Se llama Pérez-Chapucero, y es el encargado de la ideología del Partido.

-Tú dirás de controlar el pensamiento de la gente.

-Papá, por favor, no vayas a empezar.

-No puedo evitarlo, Armandito. –dijo el poeta. –Esa gente me desgració la vida. Nos la desgració a todos nosotros, a toda la familia.

- Era otra época, Pipo. Ya esos tiempos pasaron-dijo Armandito llevando a la cocina una cantina hecha por la madre y un cartucho con frutas.

-No lo creas, hijo. No lo creas. Es la misma gente que viene de nuevo por lo suyo.

-Bueno, a ver, ¿qué quería el tipo? –preguntó de nuevo, antes de volver a sentarse en el butacón deteriorado. -Porque alguien tan importante no viene a verte por gusto…

Entonces Armando, el de las guerras contra el régimen, se levantó del asiento y fue a buscar un mocho de tabaco, apagado la noche anterior. Había reducido la fuma de cigarrillos. Ahora imitaba a cierto amigo dándole fuego al puro en un acto que demoraba a propósito; apagaba el tabaco tras cuatro o cinco chupadas, y volvía a encenderlo, haciendo piruetas en el aire, ahorrando puro y descartando cerillos. Armadito llevó la mano a la nariz cuando el padre prendió la breva chamuscada después de quitarle las cenizas de la punta. El ambiente, ya húmedo por sí, tomó la atmósfera de un almacén londinense decimonónico, allí donde las montañas de libros, el olor alcanforado, las felpudas escocesas y los relojes inservibles doblegaban los anaqueles y se elevaban hasta el techo por encima de los parlantes.

-Quieren que vuelva, Armandito. Me han pedido que vuelva a la Desunión de Escritores.

El hijo se movió en el asiento, como si fuera a largarse.

- ¿Te molesta el humo? Porque lo apago.

-No, no es eso –dijo el muchacho –. Es que he esperado toda mi vida porque te consideren otra vez…

-Yo sé que ha sido duro para ustedes, hijo. Pero te juro, de verdad Armandito, peor hubiera sido irme del país y dejarlos…

-Al final fue lo mismo, Pipo. Estuvimos años sin hablarnos.

El rostro de Armandito delataba cierta agridulce complacencia. Este era el momento. No habría otro.

-Estoy escribiendo poesía.

-Pues mira, deberías enseñármela. –dijo el padre, sin sorpresa aparente.

-Bueno, tú sabes que eso nunca lo haría.

- ¿Por qué?  ¿Tienes miedo que te diga que es una basura? Si lo es, seguro que seré el primero…

-Sí, bueno, esa es una razón. Es difícil. Pero lo más importante no es eso.

-Tú dirás, hijo.

-Lo más importante, lo jodido, vaya, es que es poesía involucionaria, a favor del gobierno.

Armando Guerra no simuló. Lo dijo de corazón:

-Armandito hijo, no me importa como pienses. Yo no puedo aplicarte a ti lo que me hicieron a mí, ¿entiendes? Mientras sea una escritura decente, no panfletaria, bienvenida sea.

-Pipo, pero lo peor no es eso.

Armando sonrió de buena gana. ¿Qué podía ser más malo que escribir a favor de Filadelfo y su régimen impresentable?

- ¿A ver hijito, que es lo peor?

-Hay un concurso, una convocatoria en el Órgano Oficial. Se llama un *Poema para la Involución*. Bueno, allí mandé la poesía.

El padre se reclinó en la butaca, y los muelles crujieron con un imperceptible lamento de dolor. Hubo unos minutos de silencio. El muchacho no supo qué hacer. No quería volver al pasado, renunciar a visitar a su padre, con el cual tenía muchas diferencias y todavía más recriminaciones personales, pero a quien admiraba en el fondo porque lo sabía un intelectual solitario, allí en su exilio interior, resistiendo sin pedirle a nadie misericordia ni un peso para comer. Aunque caían algunas traducciones, llenar formularios para visados, repasar literatura hispanoamericana y español a jóvenes que querían entrar en la universidad.

-Hay algo malo con eso? – pregunto al fin Armandito.

Esta vez el puro del poeta sufrió más allá de la cuarta chupada.

-Chico, -comenzó diciendo Armando –no hay nada malo en ese concurso. Pero, coño, Armandito, ¿qué casualidad que este tipo ha venido hoy a verme cuando nadie en toda la Isla se acordaba de mí?

-No sé, de verdad. No veo que una cosa tenga que ver con otra.

El Guerra de los lapsos ingenuos había desaparecido. Ahora era como Caín, el gato, con el cual intercambiada cama y pesadillas, y una mirada de espanto felino que lo hacía ver potenciales amenazas incluso dentro de su propia casa.

-Bueno, -dijo al fin el padre. - Me juego cualquier cosa que te van a premiar en ese concurso. Vas a ser el primer lugar.

-No jodas, Pipo –dijo Armandito sonriente. –Tú ni siquiera has leído el poema.

-Ni falta que me hace. Sé que tienes madera. Te van a premiar. Por cierto, ¿cómo va la universidad esa?

- ¿La universidad? Muy bien. Este año termino.

-Muy bien, hijo. ¿Ya tienes ubicación, trabajo?

-No, no, todavía. Como soy cuadro de la Juventud Partidista, quieren que me quede en la escuela, como maestro…

- Eso va a hacerte difícil la escritura, el tiempo libre… hay que leer mucho, ¿sabes?

-Bueno, sí, ya veremos.

Armandito se disculpó. Debía llegarse a la facultad para una reunión. El padre lo despidió en la puerta. El gato Caín se paró junto a él buscando una caricia. El poeta se agachó y mientras pasaba por encima de su lomo, la mano derecha tuvo la sensación de que el felino buscaba otra cosa.

V.

Un par de amigos buscan un momento de intimidad y desbocamiento a bordo de un kayak de color naranja. Sobre el agua cristalina del mediodía en la Bahía de Agua Grande, en Miyama, flota una masa negra, que el espejo líquido da forma de aleta, de piedra, de sombra egipcia sobre la arena de un desierto de sal. El kayak se acerca con temor, porque la masa flota sobre una tabla de surf, y puede que sobre ella solo quede el brazo del surfista, el pie del arriesgado navegante solitario. Los del kayak paran de remar. Puede ser la aleta de un tiburón, enorme; entonces bogaran hacia la orilla, rápido. Pero si es un resto humano, deberán ir hasta allí, verlo, y remar hacia la orilla en busca de la policía marítima. Vamos, dice Eric el pelirrojo, mucho más atrevido que Jasón el cosmonauta, epítetos adquiridos en los bares y las discotecas gay de la famosa Calle Océano. Ni te acerques, vamos a seguir en lo nuestro, que se encargue otro. El Pelirrojo insiste: no voy a dejar un crimen sin resolver, hay que ir hasta allí y saber qué es. Cosmonauta, hijo de rusa con negro insular, nacido en la tierra y no en la estratósfera, es más precavido y no es un animal de la ingravidez: sea lo que sea, déjalo ser naufrago, pecio al hundirse, recogerlo nos va a traer problemas. Pelirrojo, siempre como su héroe, Eric el vikingo, el explorador, no se dejará quitar el mérito de ser el primero en avistar el Hudson: no seas pájaro de mal agüero, si es resto de persona, identifican el cadáver y saldremos en las noticias o tal vez en uno de esos documentales del Buro de Investigaciones sobre crímenes reales no resueltos. Y dicho esto, Pelirrojo ha metido el remo en el agua y parte hacia la *Cosa* a toda velocidad. Allá tú, sea lo que sea lo recoges tú del agua… ¿y si es una mina de la Segunda Mundial? ¿O una botija con dinero y joyas?, dice mientras no deja de remar Pelirrojo. ¿Las joyas del Pirata Hidalgo? Eso es una película bro, una mentira, un Burt Lancaster de lo peor, riposta molesto Cosmonauta con el kayak cada vez más cerca del bulto negro, insumergible. Lo que sea conmigo no cuentes para meter la mano…

A un par de pies no pueden creer lo que ven; es un coco seco, en efecto, sobre una tabla de surf mordida por los peces. No hay nada más. Un simple coco sin otra cosa que algunas manchas negras rojizas, como sangre coagulada resistente al embate de las olas y la canícula tropical. Deja eso en el agua que es una brujería de la Isla, advierte Cosmonauta, y observa, casi con pavor, a Pelirrojo acercar con el remo la *Cosa*, y tomarla en sus manos. ¡Está loca!, grita Cosmonauta, quien sabe de dónde viene eso, suéltalo, suéltalo y vámonos ya. Pelirrojo sube al kayak la *Cosa*. No, no lo toques, por favor, insiste Cosmonauta ruborizado, con la mano en la boca, como si algo fuera a penetrar por ella. Pelirrojo no hace caso. Carga la *Cosa* como un bebe. Si llego hasta aquí es por algo, dice. Si, hasta aquí, ¿sabes qué?, eso tiene cara de ser una brujería insular…

Pelirrojo que se ríe. Y comenta entre sonrisas mirando hacia detrás. Cosmonauta todavía arrinconado hasta donde el hueco del Kayak permite: eso es brujería, maleficio insular… ¡suelta eso que no es tuyo, bro! Pelirrojo no quiere oírlo, y vuelve a remar con la *Cosa* en su regazo, como si ya fuera parte de su ser. Vamos para la orilla, bro, si es una brujería, como tú dices, nosotros lo encontramos y solo buenas cosas puede traer.

La multitud de curiosos que se agolpan en la marina Punta Negra. Disfrutan como a los tripulantes beodos se les hace difícil el atraque. Gozan ver hundirse lo botes, chocar unos con otros, pelearse los boteros por ocupar la rampa unos antes que otros. La muchedumbre que disfruta el espectáculo brutal aplaude cuando un bote y el camión desaparecen tragados por el nivel de las aguas en la rampa. Ni la pesca ni los pescadores son llamativos para los curiosos. Llama la atención el kayak allá, silencioso, el que atraca en una punta. Uno de los tripulantes carga en sus manos, como una delicada criatura, una *Cosa* negruzca.

Alguien de la multitud corre hacia los oficiales de Vida Salvaje: detenga a ese hombre, dice, lleva un paquete sospechoso. Lo secunda una mujer obesa: si, eso es una brujería de la Isla, desde aquí se ve perfectamente, un sacrilegio. El oficial de Vida Salvaje corre hacia los kayakistas. Por favor, enséñenme que traen. Nada oficial, es un coco, ¿no lo ve? Cosmonauta se echa hacia detrás. El oficial sospecha más: ¿Dónde encontró esa *Cosa*? En el mar, ¿Dónde va a ser?, dice Pelirrojo ya un tanto molesto, no con el oficial sino con Cosmonauta, quien parece haberse desligado de la pareja y de la aventura del Kayak. Debe acompañarme a la oficina, por favor. ¿Cómo? ¿A la oficina? ¿Por un coco seco en el medio del mar?  Si, señor por un coco o lo que sea. Han llegado otros dos oficiales en una patrulla de Vida Salvaje. Uno de ellos toma por el brazo a Pelirrojo, y Cosmonauta decide intervenir: oiga, oficial, ¿de verdad lo van a llevar a la oficina, por un coco seco? Vamos, a la patrulla, dice el que sujeta a Pelirrojo, quien se zafa violentamente. Pues no voy a ningún lugar, grita. La masa de curiosos ya rodea a los oficiales, a los kayakistas y a la *Cosa*. Y mientras insisten los guardias en llevarse detenidos a Pelirrojo y Cosmonauta y a la *Cosa*, ha dado tiempo para que el canal Pantano TV,  con sus cámaras y periodistas estén reportando el incidente. No se dejen quitar la *Cosa*, gritan los curiosos sin importarles ya los botes que se hunden, uno tras otro, por falta de testigos. La reportera de Pantano TV pregunta frente a las cámaras: y estos ciudadanos, ¿han cometido algún delito?; han encontrado esa *Cosa* –señala- flotando en el agua, como quien encuentra un billete de cien pesos en la calle, y los policías, por la fuerza, se lo quieren quitar; el coco o lo que sea es de ellos. Ya otro canal cubre la noticia desde la marina, y en tiempo real da otra versión de los hechos: los oficiales dicen que la *Cosa* tiene sangre humana, de modo que hay que investigar si se trata de un arma homicida. Este canal, Agua Dulce TV, dice tener una información vital; por la trayectoria, el coco seco vino de la Isla, y tan pronto sepan la noticia, lo reclamarán sin dilación…

Asustado por tantas cámaras de televisión, policías y hasta un comando de tropas especiales apostado en un costado de la marina listo para entrar en acción, Pelirrojo y Cosmonauta entran a la patrulla sin soltar el coco de la discordia. En el precinto explican, dice el oficial que los conduce. Por lo menos no nos han puesto las esposas, bromea Cosmonauta. No me hace gracia, todo esto ha pasado por ti. ¿Por mí? Yo te dije que no recogieras eso del mar, que era una ofrenda. Ofrenda, ¿a quién? Eso lo dijo la gorda esa, insular, la misma que nos denunció. El oficial de Vida Salvaje que conduce pregunta si no es mejor llevarlos a la estación de policía; no hay nada vivo o muerto que sea jurisdicción del departamento. Okey, dice el oficial superior, pero trata de quitarte la cola que llevas, nos vienen siguiendo toda esa gente de la televisión. Pelirrojo y Cosmonauta miran hacia detrás; en efecto, los persiguen como un enjambre de sedientos noticiosos. Esto es una locura, todo esto por un coco seco. No, no es tan sencillo joven, responde el oficial, encima de la *Cosa* hay manchas de sangre, y tal vez estamos sobre la primera pista de un asesinato sin resolver…

En la estación de policía el oficial de turno se niega a tocar la *Cosa*. Eso es un Aguaele, dice, una ofrenda a la Diosa del Mar, la que abre los caminos. Los de Vida Salvaje son norteños. Ellos no saben nada de brujería insular, ni de nadie que abra ningún camino en este país si no es partiéndose el espinazo. Aquí no hay nada que procesar, dice el policía de ascendencia insular, esa *Cosa* pertenece a la Isla y es allí donde debe volver. Los de Vida Salvaje se miran sin decir palabras. Bueno, dice el oficial superior, están ustedes libres, y llévense esa *Cosa* de aquí, apesta. Al salir, un enjambre de periodistas los espera. Quieren entrevistarlos. Ya están en las noticias del mediodía. Ahora hay que darle seguimiento a la información. Pero Pelirrojo y Cosmonauta no tienen nada que decir. Que los dejen ir en paz a su nidito de amor. Eso es todo. ¿Y el kayak?, pregunta la periodista de Agua Dulce TV. ¡Que se lo cojan, es un regalo para los imbéciles de Vida Salvaje!, grita Cosmonauta, envalentonado por los medios, tantas cámaras y micrófonos a su disposición. Si, lo apoya Pelirrojo, que se lo cojan todo. Pelirrojo está convencido de que la *Cosa* hará que ganen la Lotería o quizás puedan hasta pedir un rescate. Han recogido un coco Aguaele perdido en el Océano, y eso debe darles mucha suerte. Así lo ha creído hasta llegar al apartamentico que rentan en la Playa, y encender el televisor. Están en todos los canales de televisión. La razón es muy simple: el gobierno de la Isla está reclamando la *Cosa*. Es un objeto de museo, religioso, histórico, patriótico. Alguien se lo llevó el Capitolio Nacional, donde reposaba en una urna blindada, y trató traerlo al Norte, donde viven los enemigos de la Involución Masoquista y Sociolista. ¡Ay, en qué lío nos hemos metido!, gime Cosmonauta. ¡Oye, bro, el coco es mío, y no pienso devolverlo! No, el coco tiene dueño, y no es tuyo, bro; tíralo en la primera calle que encuentres, déjale esa candela otro, bro. ¿Eh, tienes miedo? ¿Tú no te das cuenta que ahora podemos pedir un rescate por esta *Cosa*? ¿Qué rescate ni rescate, tú? Bota eso, a ver, dame acá. Cosmonauta forcejea. Pelirrojo es más fuerte. Lleva un hacha en la mano, como Chirino. ¡Estate tranquilo, pendejo!, no voy a perder la oportunidad de mi vida; si quieren el coco, van a tener que pagarlo bien caro, ¿me oíste? Bien caro.

VI.

La premiación del concurso de poesía, como era habitual, fue celebrada en los fosos de El Repello, la base del enorme obelisco que, en medio de la Plaza de la Involución, acogía las actividades más importantes. A pocos pasos de Palacio, la sabiduría popular había endilgado el mote de El Repello, pues era una sala de pocos metros cuadrados en forma ovalada, donde congregaban cientos de personas casi todas de pie. Como la mayoría de las actividades eran del gobierno, la gente se apelotonaba para ver a sus líderes; las mujeres que caían delante de los ministros y los jefes no podían evitar sentir detrás de ellas y sin aviso previo, el aguijoneo de la lascivia involucionaria. Ninguna compañera protestaba. Nadie se atrevería. Semejante queja sería un sacrilegio a la pureza de hombres tan bien parados en sus principios como en sus púas repelladoras.

Mientras esperaban todos que el Comandante Filadelfo apareciera en persona, Armandito pensaba en la ausencia de su padre. Quizás no hubiera sido conveniente. Allí encontraría a los hombres del más íntimo círculo de confianza de Filadelfo, aquellos que conocían como pocos sus vicios y obscenidades. También a quienes por años se habían burlado de su ostracismo, retiro involuntario en el submundo de la no-persona. En realidad, además de la justificación emocional, Armando tenía una coartada más prosaica pero también más verosímil: no tenía ropa ni zapatos decentes para acompañar al hijo en su primera cita oficial.

-Todos estarán de guayabera blanca, de hilo fino, hechas a mano y con zapatos italianos.

-No, Papá. Tú lo que no quieres es apoyar con tu presencia un hijo involucionario y menos con un poema dedicado al Comandante.

El poeta calló por obvio. No se había dado cuenta de eso, tampoco. Todo podía ser, sencillamente, una jugada del Ministerio del Terror y del Departamento de Desorientación Involucionaria; una encerrona perfecta de Pérez-Chapucero y quién sabe si del mismísimo Filadelfo. Pero ¿por qué? ¿Qué sucedía tras las columnas del Palacio de la Involución que ni la pitonisa primera del templo Filadélfico podía adivinar? Por boca sus amigos recientes, quienes comenzaban a llegar de nuevo a las tertulias, y se sentaban sobre cajones de madera, temerarios escritores novísimos, la economía del régimen estaba muy mal; nadie quería comprar los espejitos del Comandante; el oro guardado en las bodegas privadas del Líder Máximo empezaba a criar cardenillo, muestra evidente de aleaciones falsas, obsolescencia a corto plazo. Ya no tienen ni espejitos ni oro, comentaban contertulios fugaces. Por eso, para rescatar la cultura verdadera, los poetas, escritores, pintores y artistas que la ofensiva Realista-Sociolista había sepultado de un plumazo, debían ser rescatados. Esa tarea era para Filadelfo una necesidad fisiológica, no solo una simple operación de oportunismo involucionario. Lejanas sonaban aquellas palabras dichas por el Comandante en el Congreso de Incultura y la Mala Educación:

-Plumas, aquí solo hay plumas, y no de escribir. Hay que desplumarlos a todos ustedes. Con la Involución todo, fuera de la Involución, nada.

Después de aquellas palabras, Filadelfo dio el pistoletazo de arrancar cabezas en una reunión secreta. Quien no comulgara con sus ideas Machistas-Sociolistas no pintaría ni cantaría frutas. Pero muchos años después, con las arcas vacías, y sin nada que vender, recordó que algunos intelectuales, como las viejas meretrices, extrañan sus buenos tiempos. Pérez-Chapucero había ido casa por casa sonsacando a los siniestrados de otra época. Aun así la conducta sumisa del todopoderoso jefe de Departamento era muy extraña, adulonamente sospechosa.

Armandito Fernández del Solar creyó en la justificación del padre para no asistir a su investidura. Además de los rencores, algo muy común en los escritores sometidos al castigo que el silencio y la complicidad, no tener ropa y unos zapatos decentes era una justificación tan válida como la antipatía hacia los victimarios, mayoría en El Repello: los mismos de siempre, tan grises y marmóreos como los tonos funerarios del local donde ocurrían premiaciones, imposición de medallas, el avistamiento de potenciales traidores. Un lugar insensible, donde cualquier aguijón calenturiento podía pegarse a la baja espalda de la mártir sin que esta pudiera pronunciar lamento alguno.

No, aunque su padre tuviera un esmoquin y unos Farragamo se iba a sentir mal. Armando Guerra no toleraría compartir el espacio con antiguos enemigos. Armandito creía que sí, que parte de su misión humanitaria, de la venganza contra quienes le hicieron daño a su padre y a su familia era ser, precisamente, un joven involucionario; demostrarles a todos que Armando Guerra jamás había sido un traidor, un débil, un maricón de carroza, como cierta vez le dijeron en la escuela de niño. "¡Tu Papá es un maricón de carroza, chico!", gritó Samuel el flaco. Y ahora, en el Repello, a punto de conocerse quienes son los nuevos bardos de la Involución, Armandito observa y calla; hay decenas de artistas y escritores completamente emplumados que son serpientes, muerden de otra manera, echan veneno en el oído ajeno, y ese lo vierte, con aditivos ponzoñosos, en el próximo pabellón auricular.

Por fin Chacal se acerca al micrófono. Carraspera. "Uno, dos, tres" –voz engargolada: -. "Aquí, aquí, probando. Sí, sí, sí". Hace una señal y tocan el Himno Nacional. Los dirigentes del Partido Único están delante. Una fila compacta de guayaberas blancas, hechas a mano y zapatos negros, de cordones, recién lustrados. Armandito y los finalistas están en la primera fila, al lado de otros funcionarios, muy conocidos por Armandito a través de la radio y la televisión oficial. Chacal da la bienvenida al doctor Hatuey Corona, secretario ejecutivo del Partido, y hombre de confianza del Líder Máximo. Corona se levanta, y saluda. Armandito ha oído decir que el doctor Corona podría ser el sustituto en el gobierno cuando Filadelfo decida abandonar el poder, algo que parece imposible, lejano, absurdo. Chacal sigue sus presentaciones.

Ahora le toca a Fiel-Enroque, viceministro de las Malas Relaciones Exteriores. Armandito aplaude junto con los tres finalistas, porque Fiel-Enroque es toda una leyenda en los foros internacionales. No hay una reunión fuera de la Isla en la cual no se destaque agrediendo, disgustándose con todo el mundo. Eso fascina al Líder Máximo: Fiel-Enroque es como su perro de presa internacional, su cancerbero peleador. Si alguien ataca a Filadelfo, Fiel-Enroque enseña sus afilados dientes en lo que muchos creen es, en realidad, una cabeza de jabalí. También están en la fila de los dirigentes, Pérez-Chapucero y el general Zambuca. A estos los aplauden menos después que Chacal los presenta. Chacal sonríe. Anuncia los premios, los mejores poetas de la Isla, las composiciones ganadoras del concurso *Un poema para la Involución*.

Armandito lo sabe, lo intuye: va a ganar. Tercer lugar. Segundo lugar. Y finalmente, anuncia Chacal:

-Primer lugar, *La ciudad te contempla*, del joven poeta Armando Fernández del Solar.

Hatuey Corona se ha levantado, toma en sus manos un jarrón y un diploma y se lo entrega al poeta. Ovación. Manos estrechadas de Chacal, Mancebo y Toro Sentado –este, más efusivo, más culpable de estar en desacuerdo. Zapatico le da un beso a Armandito: "Muy bien, hijo, un premio más que merecido". Fiel-Enroque, para no quedar ignorado –algo que lo vuelve loco-, se acerca y abraza a Armandito.

-Así nos gusta, jóvenes comprometidos con la Involución –dice.

Después algo comunica al Chacal. Chacal regresa al micrófono.

-Compañeros, compañeros, por favor, miren, hay un refrigerio para después. Ahora el compañero Fiel-Enroque tiene que darnos una información importante de parte del Compañero Filadelfo. Él ha encargado, personalmente, al compañero Fiel-Enroque de comunicarles esto a ustedes.

Fiel-Enroque tiene un problema en la nariz. El tabique desviado. Una rinitis productora de mucosidades al por mayor. La voz del viceministro de Exteriores a veces sale extraviada, como pasada por una corneta china, un colador de pequeños huesecillos filamentosos, máscara veneciana. Por eso, antes de cualquier intervención pública, saca un pañuelo, se sopla la nariz, y antes de enseñar sus afilados colmillos porcinos, sonríe como pidiendo disculpas.

Comienza en tono luctuoso, a pesar de la alegría reinante en El Repello –se ven las caras de los ministros y los jefes, detrás de las compañeras, enrojecidas con los pelos de punta. Dice Fiel-Enroque que en las últimas horas han sucedido hechos lamentables en el Golfo. La marina de guerra del Norte ha encontrado flotando en aguas internacionales un pedazo de la historia nacional: un coco seco, Aguaele, ofrenda con la cual los héroes de la Patria habían expulsado a los extranjeros de la Isla en el siglo pasado. No se sabe quién ni cómo lograron sustraer el Aguaele del Capitolio Nacional, y colocar en su lugar una masa fecal de proporciones similares. ¿Quién habrá podido cagar un mojón así?, susurra alguien cerca del micrófono. "Veo risitas por allá, por favor, compañeros, esto es una cosa seria", dice el de la nariz rota. Y continúa: "aunque ciertamente, para expulsar una cosa así, de ese tamaño, y colocarla en el pedestal donde estaba nuestro patriótico Aguaele, hay que estar reventado".

Las investigaciones estaban en marcha. A los hospitales no había llegado nadie con el colon en reversa. La urna donde estaba el coco estaba intacta. Otro misterio. Los custodios y empleados pasaron por la revisión del proctólogo del Estado, y ninguno era sospechoso. No vieron nada fuera de la común.

No olieron nada que denunciara la enorme deposición encima del podio.

-Esto, compañeros, es una información clasificada. Les pido discreción en nombre del compañero Filadelfo. Como ustedes son la prensa oficial, en breve tendrán una información más precisa de los pasos que está dando el gobierno para reclamar a los enemigos del Norte, brutal y revuelto, el coco que nos pertenece.

El murmullo, los comentarios rompieron el letargo de la premiación. ¿Y ahora qué? ¿Vamos por fin a la guerra con el Norte? Mancebo busca orientaciones, y Chacal, que él no las tiene; se acaba de enterar como todo el mundo. Pero la cosa es grave, viene diciendo Zapatico: "Ese Aguaele era la niña de los ojos del Comandante; es mentira que estaba siempre en el Capitolio; cuando el Comandante viaja fuera de la Isla hay que llevárselo en un maletín, como el futbolito del Norte, ese que lanza la bomba atómica". "No hables mierda, Zapatico", dice Toro Sentado incorporándose al grupo del Órgano Oficial, "vamos a esperar a ver que dice el jefe".

-¿Pérez-Chapucero, Corona, o Fiel-Enroque?- pregunta Mancebo.

-Chico, ¿quién es el único jefe aquí? ¿Quién?

Chacal siempre tiene que aclararles las cosas a sus subordinados: si el coco seco fue robado, y por sus propios medios llegó al Norte, no lo van a devolver.

Es mejor seguir la pista del cagón. Alguien en la ciudad debe tener un ano tan desmesurado que no pase inadvertido a sodomitas y proctólogos aficionados. "Los del Norte alegarán la Posesión Legal del Objeto", dice Chacal, "una figura jurídica norteña que quiere decir que lo que se deja abandonado, en este caso en el mar, no tiene dueño. Así se apoderaron en otros tiempos de la más de la mitad del territorio que tienen hoy…".

Hatuey Corona y Fiel-Enroque se acercan al núcleo directivo del Órgano Oficial.

-Compañeros, nos vamos. -dice Corona.

-Sí, -dice Enroque soplándose la nariz con la indecencia de un vagabundo –. El Comandante nos espera en Palacio.

-Ya recibirán orientaciones. - se despide el secretario ejecutivo.

-¡Ah!, y publiquen rápido el poemita. Nos hará falta estimular el patriotismo de la gente. – sugiere Fiel-Enroque sacándose un moco con la uña del meñique.

-¡Compañeros!- es una voz, detrás del grupo del periódico.

-Ven Armandito, hijo, esta ya es tu casa. –lo invita Chacal.

-Sí, Armando, -dice Toro Sentado. - Felicidades. Ven, ven a tomar algo con nosotros.

-Miren, yo solo quería ofrecerme para si necesitan escribir algo…

Mancebo no puede ocultar sus entrañas. O mejor: sus miedos eternos; que alguien más joven haga carrera en el Órgano Oficial.

-No mijo, no hace falta. Para eso tenemos profesionales, y el momento…

-Oye Mancebo, ¿por qué cortas al chiquito?

-Jefe yo no lo estoy cortando, es que…

-Sí, Mancebo, y mira que te lo hemos señalado en el Partido: rechazas a la gente joven. –Zapatico no puede callarse, y vira la espalda, se dirige a Armandito: - Todas las colaboraciones, siempre que sean involucionarios, son revisadas, y aceptadas, hijo. Esa es la política del Órgano, porque es un periódico del pueblo y para el pueblo.

-Chico, yo creo que es muy buena idea que pienses y nos escribas algo. –dice Chacal mirando a Toro Sentado.

El Toro teme ser jubilado antes de tiempo. Sonríe, matiza:

-Que no sea un poema. Es mejor un trabajo sobre el Aguaele ese-. Mira a los demás y continúa: - Porque, aunque eres tan buen poeta como tu padre, ahora lo que hace falta son escritores, ensayistas, filósofos de la pluma…

-Bueno, bueno, -interrumpe Chacal. - Dejen ya al muchacho, vamos a darnos unos traguitos que nos van a dejar sin nada.

En camino a la mesa de refrigerios y bebidas, Mancebo ataca de nuevo:

-¿Tú vas a dejar que el hijo de ese gusano y maricón escriba en el Órgano Oficial, jefe?

Chacal se detiene. Sonríe. No necesita darle detalles al subdirector.

-Las cosas cambian, Mancebo. Estamos viviendo otros tiempos. Mira, sírvete ensalada fría que parece estar muy rica.

Mientras Chacal avanza hacia el bufet, Mancebo saca su peine negro y lo desliza con fuerza entre el cabello untoso. No ha podido cumplir su misión de impedir que el hijo de Armando Guerra se acerque al Órgano Oficial y hasta pueda publicar en él. El general Zambuca fue muy claro en sus órdenes:

-Lo vas a premiar, pero hasta ahí. Esa es tu tarea. Ese chiquito fue subiendo en la Universidad como la espuma y después de que lo premien, se hará famoso, peligrosamente famoso.

Es algo que Mancebo no entiende. ¿Cómo dar el premio al hijo de un traidor, abrazarlo en la ceremonia, y al mismo tiempo, bloquearle toda posibilidad de colaboración con el Órgano Oficial? A menos que la Inseguridad del Estado funcione de esa manera extraña, Mancebo no tiene otra explicación para medidas tan contradictorias. Era algo que para el chino Capanegra, oficial retirado, como retirado está ahora su buro de corrector jefe, tuvo claro desde el primer día en que comenzó a trabajar en el Ministerio del Terror: siempre se juegan dos cartas, una está marcada, la otra solo los jefes la pueden conocer.

VII.

Una familia en Miyama, en la Pequeña Urbana, un humilde barrio de exiliados insulares, reclamó el coco seco o Aguaele. Tenían pruebas documentales de haber pertenecido a un pariente, general de la Guerra de Dependencia; argumentaron que el régimen Filadélfico, en un acto de piratería habitual, había confiscado el objeto de culto como un bien "malversado". El ministerio de esos asuntos, Recuperación de Bienes y Trastos Ajenos (REBIENTA), declaró la expropiación del coco por ser patrimonio cultural y patriótico de la Nación. En realidad, era casi lo único que quedaba a esa familia. El gobierno Filadelfista había intervenido un par de fincas y hasta un parque de diversiones de la familia. Las haciendas, con el pretexto de no ser atendidas. El Arisco Park, con la justificación de que los niños podían caerse de la montaña rusa por falta de seguridad –medio metro de altura máxima. La incautación del Aguaele fue la gota que colmó el bote en el cual parte de la familia se lanzó a cruzar a la Orilla Norte.

Una vez enterados que habían encontrado un Aguaele flotando en la Bahía de Miyama, el tío Pepe comenzó su lucha por reclamar la propiedad familiar confiscada. No paraba de dar entrevistas, inventar cuentos, leyendas sobre el Aguaele y sus poderes mágicos. Todos los días, pegados a la cerca de la casa en la Pequeña Urbana, decenas de periodistas de radio y televisión norteña esperaban nuevas noticias sobre tío Pepe y su batalla por el rescate de la reliquia. Las autoridades federales continuaban negadas a entregar el coco seco. Argüían nimiedades como que el Aguaele tenía manchas de sangre humana en su interior, o que al venir de la Orilla Sur, podía ser un potencial trasmisor de enfermedades venéreas y áreas.

Casi al mismo tiempo, y en la Orilla Sur precisamente, otros parientes comenzaban a reclamar la propiedad del coco aunque desde el triunfo de la causa Filadélfica, reposaba en el Capitolio Nacional, en urna cerrada, a prueba de balas y de robos. Las autoridades decían que el Aguaele era una donación desinteresada de una familia patriótica, porque el coco había guiado a las tropas dependentistas en su marcha triunfal del Lejano Oriente al Cercano Oeste. En un giro maestro, Filadelfo no lo reclamaba como un asunto patrio. Era un acto vandálico, un museo robado, una familia burlada en sus fervores involucionarios. Así que el Comandante se metió en la bronca a título de abogado personal de la familia. Mandó a buscar a alguien capaz de soportar una larga cruzada en favor del coco siniestrado, y el único que aceptó sin poner condiciones fue un sobrino del tío Pepe. Se llamaba Gilberto, y dijo poseer el testamento de un general, de quien era sobrino bisnieto, el cual le dejaba el Aguaele. "Pero eso está claro", dijo Filadelfo al oír la historia del testador. "Puede ser que le deseaba suerte… agua ele, suerte con agua, toda el agua pa'ti", tradujo el Comandante del idioma callejero-barrial al castellano-que-bueno-baila-usted. El sobrino regresó ese día cabizbajo a casa. Al día siguiente, bien temprano, sonó el teléfono de su casa. Era Filadelfo en persona.

-Mira, vamos a dar la batalla por el Aguaele - dijo Filadelfo. -Ese es el Aguaele de todos. Pero compañero Gil, Gilberton, no puedes echarte atrás. El momento que estamos viviendo exige total fidelidad, ¿me entiendes?

Los investigadores habían hecho su trabajo en poco tiempo. El único sospechoso de robarse el Aguaele, montarlo en una tabla de surf, y después dejarlo a la deriva era, precisamente, Gil. Pudo haberse arrepentido al ver olas grandes y una noche tan oscura. La tabla de surf fue rastreada por los oficiales del Ministerio, y el único en el barrio que poseía una era, sin duda alguna, Gil. La tabla fue un regalo de un amigo que había cruzado hacia el Norte. "Esta es la tuya. Te espero en la otra orilla", dijo a Gil poco antes de embarcarse en esas aguas traicioneras. Testigos dijeron haber visto a Gil en la orilla de la playa, días atrás, con una tabla de surf bajo el brazo y una "cosa" dentro de una jaba de yute. Cómo pudo entrar al museo, ni siquiera romper la urna, y depositar el enorme mojón – a nadie se le ocurrió pasar a Gilberto por el departamento de coloproctología-, y sacar el coco sin ser visto ni oído. Era un misterio. Lo era más aún el enorme coprolito depositado en lugar del coco, humano en su composición de proteínas y grasas descompuestas, pero imposible de defecar por un individuo de ano normal, compasivo, dúctil. Eso había disgustado a Filadelfo incluso más que el robo del Aguaele. "Resulta ahora que la mierda marca nuestro kilómetro cero. ¡Que símbolo más cabrón!", dijo. Hizo a citar a Gil a su oficina cuando tuvo lista toda la información.

-Ya sabemos que fuiste tú quien se robó el coco –dijo con paciencia tibetana el Comandante. - No, no lo niegues, porque va a ser peor para ti. Eso ya pasó. Ahora hay que pensar en el futuro, en ese coco que tienen los malos del Norte. Hay que traerlo para acá. ¿Me entiendes? No nos importa si tú quisiste sacarlo de la Isla. No nos importa ni el mojón irrespetuoso, gigante, descomunal, que dejaste allí…

-Comandante, yo le juro…

-Oye, ya te dije que eso ahora no importa. Mira Gil, Gilbertón, ahora lo importante es esta batalla por el regreso del Aguaele, ¿me sigues? Ni tú, ni yo, ni nadie; el Aguaele, solo importa que el Aguaele regrese a la Patria. Y tú, amigo, tan involucionario como eres, vas a estar al frente en esta pelea. Porque eres el legítimo dueño, ¿no?

-Bueno, Comandante, yo…

-Nada, así hablan los hombres, Gilbertón. Ahora vas a ir al lado, con los compañeros. Ellos te van a indicar como vamos a luchar por ese Aguaele tuyo, nuestro, de la Patria.

El general Zambuca, Hatuey Corona y Fiel-Enroque, en la oficina aledaña, lo recibieron con un abrazo.

-El compañero general te va a instruir – dijo Corona, señalando al militar.

-Tenemos que ver al Comandante nosotros. Con permiso – se disculpó Fiel-Enroque, y ambos funcionarios salieron hacia la oficina del Comandante.

Filadelfo daba sus acostumbradas zancadillas de un lado a otro. A cada rato se detenía, miraba a los funcionarios recién llegados, muy cerca de la puerta, y volvía a dar esos pasos enormes, habituales en el Líder Máximo cuando ante sí tenía la gloriosa misión de decidir por un pueblo, el destino célebre de la Isla. Las palabras de su boca serían ley, acción irrevocable, incontestable decisión. Comenzó preguntado si la selección de Gil era la adecuada para dar la gran batalla; si el tipo –tipo, así lo llamó-, no se iba a echar para atrás, o en el peor de los casos, ¿qué pasaría si para reclamar el Aguaele tuviera que viajar a la Orilla Norte, defenderse en un tribunal de ese país? ¿y si decidía quedarse con coco y todo?. El doctor Corona fue muy lógico. "Comandante, eso no va pasar", dijo, "usted lo tiene cogido por los cojones". Filadelfo le pidió que explicara cómo era esa sujeción genital. Muy fácil, explicó el secretario ejecutivo del gobierno y miembro del Comité del Partido Único. Gil sabía que las autoridades tenían información de su malograda fuga, el robo del Aguaele, y… Fiel-Enroque lo interrumpió: "hasta ahí, Corona, hasta ahí. Él no es el dueño del gran mojón". El doctor Corona admitió que había ido muy rápido. Okey, dijo, en caso de que se haga el listo, y se quede del otro lado, siempre podremos callarle la boca con pruebas o con balas. Filadelfo se detuvo frente al secretario y lo miró fijo a los ojos.

-¿Pruebas o balas? –preguntó.

Fiel-Enroque, una suerte de escudero del doctor Corona, salió en su defensa. No creía que las balas serían necesarias en este caso. Tenía un reporte completo hecho por el Departamento de Análisis del Ministerio del Terror, donde a Gil se le daba la categoría de "punto". Esta definición psicológica, en el lenguaje de los científicos del Ministerio, quería decir que el hombre era de fácil manipulación, asustadizo, mentalmente maleable: en los pocos minutos que permaneció en la oficina del lado, el Comandante comprobó que el individuo era muy impresionable, de fácil manejo por la autoridad. Filadelfo parecía impresionado por los criterios de sus hombres de confianza, aquellos de su círculo más íntimo, a quienes se le daba la oportunidad, única, de estar muy cerca de sus conspiraciones intestinales.

-Bien –dijo el Comandante. –Ahora hay que diseñar una gran campaña mediática.  Hay que mover hasta las piedras. Ese Aguaele tiene que regresar a la Patria.

El doctor Corona dijo tener un plan bien elaborado. Consistía en acciones domésticas e internacionales, incluso dentro de la Orilla Norte. Aquí iban a hacer Tribunas Cerradas, protestas callejeras controladas; los obreros, estudiantes y amas de casa y casas sin amos podrían gritar en el micrófono todos los improperios que quisieran, siempre y cuando fueran dirigidos a los usurpadores norteños. También iban a usar la televisión. En un estudio previamente acondicionado, con fotos del Aguaele y de Gil, convocarían especialistas en cocos nucífera, ¿coco qué? Coco, Comandante, ese es su nombre científico. Los médicos, Comandante, dijo Fiel-Enroque, siempre con sus palabritas raras. Okey, continua, Hatuey. Bueno Comandante, esa actividad podrá llamarse Mesa Cuadrada porque todo lo que allí se diga tiene que ser aprobado por usted o por alguien del Partido.

-Todo eso está muy bien, compañeros –dijo al fin Filadelfo-. Pero hay que tener una historia firme detrás de todo eso. Hay que crear una narrativa creíble, capaz de enervar a la gente…

El custodio interrumpió.

-El general Zambuca quiere pasar, Comandante – dijo el bisoño.

-Adelante - dijo el Comandante. - Esa es la pieza que falta aquí.

El general tomó asiento y a una pregunta del Líder Máximo, informó que todo estaba listo. Gilbertón, como le decía al Comandante, era el hombre para la tarea. Tenía todas las misiones esclarecidas, una por una. El Departamento de la Inseguridad iba a chequear sus pasos.

-Ahora faltan buenas plumas para contar la historia –dijo Filadelfo detrás del su buró, rodeado de papeles y figuritas de yeso en forma de cañones, pistolas y cuchillos carniceros.

-Esas las tenemos – respondió el doctor Corona.

-Lo dudo –replicó Fiel-Enroque. – Por lo menos en el Órgano Oficial lo único que hay son ladrillosos.

-Porque nosotros mismos les decimos qué y cómo escribir –dijo Hatuey Corona, molesto.

-Bueno, bueno, hay que buscar gente fresca… -el Comandante tomó de encima del escritorio un ejemplar del Órgano Oficial. No había tenido tiempo para revisar la página cultural, donde aparecía el poema premiado.

Leyó en voz alta:

*Solo la Luna, en esas alturas*

*Gobierna una parte de ti, de la ciudad*

*Adormecida, y en paz*

-¿Quién escribió esta mierda? –preguntó.

El general Zambuca miró al secretario ejecutivo con una sonrisa sarcástica.

-Es un muchacho joven, poeta, se llama Armando…

-Pero había uno también, poeta, que se llamaba Armando… Fernández, creo, o Guerra, algo así… -dijo pensativo el Comandante, y preguntó a todos: -¿No era un poeta del mismo nombre, al que hubo que partirle las patas hace unos años?

-Sí, Comandante, ese es el hijo – se apresuró a decir Zambuca. -Nosotros le advertimos al compañero Pérez-Chapucero el peligro de premiar a ese chiquito.

- ¿Y qué dijo él?

-Que era una tarea del Partido.

-Bueno, Zambuca, eso estaba claro, ¿o no? – preguntó el Líder Máximo.

-Sí, Comandante, pero de ahí a premiar a ese muchacho…

-No he leído todo el poema. Pero si lo premiaron los compañeros del Órgano Oficial algo bueno debe tener –dijo el doctor Corona, muy amigo de Chacal desde los tiempos en que jugaban al chocolongo en el barrio del Viejo Vedado.

-Chico, el poema es una mierda, de verdad… lo que nos puede interesar es el muchacho –dijo Filadelfo otra vez dando zancadas a través de la oficina. – Mira Hatuey, vas a llamar al Órgano Oficial y hablar con Chacal, tu amigo. Quiero que ese mismo chiquito empiece a escribir allí… que haga una historia sobre el Aguaele. Que la publiquen en la primera página…

-Comandante, con su permiso y debido respeto –dijo el general Zambuca.- Le recuerdo que ese individuo es hijo del otro Armando, el Guerra, el homosexual, el…

Filadelfo detuvo sus pasos gigantes en medio de la oficina. Su palabra era una orden, indiscutible:

-Es mejor así. Ese es el hombre que necesitamos.

VIII.

No fue fácil para Armando Guerra volver a entrar en la Casona del barrio de Bobera. Los jóvenes contertulios no lograron convencerlo ni a mediados de Abril, cuando uno de ellos ganó el Concurso Goliat, -*el que brinca no se va*-, e intercedió por su maestro para estar el día de la premiación, y le fue enviada a Armando una invitación personal del presidente de la Desunión de Escritores Organizados (DEO), Margarito Barniz. ¿Caín, amo mío, crees que debo ir a ese lugar de nuevo? Pero el gato no contestaba. Solo lo miraba fijo, como si comprendiera todo el dolor y el hambre que juntos habían compartido por muchos años. ¿Caín, mi santo, crees que es hora de enterrar el hacha y fumar la pipa de la paz? El gato volvía a mirar desde la eternidad felina, con sus siete vidas juntas, y movía la cabeza en un gesto que no era ni un sí ni un no. ¿Caín, maestro, me amas? Y entonces era la única vez que el gato bajaba del sillón donde depositaba cualquier cantidad de pelo, se enroscaba en las piernas de Armando, y maullaba como un lamento, imperceptible para oídos humanos.

- ¿Qué dice el gato? –preguntó uno de los efebos, seductor de poetas viejos.

-Que me ama.

-Nosotros también te amamos Armando.

-No, ustedes me necesitan, que es otra cosa.

Solo cuando el hijo lo visitó y vio la invitación personal sobre la polvorienta mesa del comedor, henchida por la humedad y el abandono, sin mantel ni adorno, Armando discutió seriamente la posibilidad de volver a la Casona de la DEO. Armandito le dijo que necesitaba romper la barrera psicológica del proscrito, del intelectual opositor arrinconado y olvidado. De alguna manera, añadió el hijo, premiarle a él la poesía en un concurso tan importante, era una señal de perdón, de borrón y cuenta nueva, de que el gobierno, el Partido, y Filadelfo estaban pensando de manera diferente.

Armando Guerra ripostó con el argumento indefectible de la historia: no sería la primera vez que los intelectuales vapuleados, satanizados por el poder, eran rescatados para lavarle la cara a los tiranos. Armandito hizo acopio de paciencia para continuar hablando con su padre. En primer lugar, dijo, Filadelfo no es un tirano. No puede serlo el hombre que ha devuelto la dignidad a la Isla, a los pobres insulares que antes de la Involución lo único que hacían era pedir prestado a la Orilla Norte; y al padre, a su padre, lo único que le hicieron fue retirarle todo el apoyo institucional, porque sus libros seguían en las bibliotecas, pocos, escasos, pero ahí estaban. El mismo los había visto en los anaqueles. No, te equivocas hijo, todos menos *Dentro del Recreo*. Coño viejo, porque ese es un libro subversivo, contrainvolucionario, que ataca directamente a la Involución. Es un libro de versos, mijo, es una obra de arte, el arte no tiene compromisos partidistas. No, Papá, no, estas equivocado y discúlpame que te lo diga yo, tu hijo; el arte es expresión de la superestructura, del poder, fue así en Roma y en Grecia y así será por los siglos de los siglos… no hay arte sin compromiso. El compromiso es con quien te paga. No, viejo, así fue en Roma y en Grecia porque eran regímenes esclavistas, primitivos desde el punto de vista social… mira, con el mercantilismo, el hombre, el artista fue libre, pudo hacer y vender su obra sin que el dueño de la plantación tuviera que pagarle por pintar, escribir o tocar música… con el Sociolismo hemos dado marcha atrás, es un retroceso histórico. Papá, analiza esto nada más: antes de Filadelfo tú hubieras tenido que trabajar en otra cosa para pagar, por ejemplo, *Dentro del Recreo*. Okey, tienes razón, pero no solo fue eso Armandito… nadie tenía derecho a apartarme como una oveja descarriada, mandarme a esos campos de trabajo forzado, sin verlos crecer, lejos de tu madre…

La conversación se hizo difícil. Nunca vio al padre derramar una lágrima, excepto en el funeral de la abuela.

-Mira viejo, aunque tú no lo creas los tiempos han cambiado. Y tú sigues siendo el poeta Armando Guerra gústele a quien le guste y pésele a quien le pese.

-Entonces crees que debo ir a la premiación de ese muchacho.

-No creo. Tienes el deber de ir. Ocupar de nuevo el puesto que te corresponde en la DEO. ¡Ah! Y no me digas que no tienes ropa, porque allí la gente va como quiera.

-Ya veremos, Armandito, hijo.

-Veremos, no. Si no vas por tus medios voy a venir a buscarte, ¿me entiendes?

Parado frente a la Casona de la DEO, Armando Guerra recuerda que hasta el último minuto estuvo dubitativo. La llamada por teléfono de su hijo lo sacó de la indecisión. Ya salía para allá, dijo.

La Casona todavía conservaba su prestancia de los primeros tiempos, cuando el Poeta Nacional Colas Guillao, metió a pastar en sus jardines una vaca enana. Un regalo del Comandante, solía decir a los muchos invitados extranjeros Guillao, a quienes extrañaba ver en la residencia del antiguo dueño del Banco de Fomento y Corrupción, un bovino de ese tamaño comiendo rosas y claveles recién plantados.

Armando cruzó el umbral del portón de hierro y se fue por un lateral, al jardín Este, donde a esa hora tenían programada otra actividad. Allí, en la terraza, una decena de tamboreros y algunos bailadores disfrutaban el frenesí de la rumba. La Peña del Consorte era un espacio del Ministerio de Incultura para que los amantes del guaguancó y la cumbia desplegaran sus rituales protectores, gozadores; con una cortina de las claves y las tumbas, cual misa apócrifa, protegían al nuevo presidente de la DEO, el escritor y etnólogo Margarito Barniz. Tan pronto Armando asomó la cabeza, el Consorte, parado en una esquina moviendo los pies, le fue para arriba, lo abrazó y preguntó por el milagro de verlo de nuevo en la Casona.

-Vengo a otra actividad, negro –dijo Armando.

-Bueno, pero estas aquí. ¡Coño, que alegría verte de nuevo, Armando, cará!

Consorte sacó una botella de aguardiente que escondía entre los espinosos gajos de una buganvilia.

-Vaya, date un trago. Por nuestra amistad, consorte.

Armando se empinó la botella. Le hacía falta ese trago fuerte, peleón. Ni mandado a pedir.

-Gracias, negro. Tú sigues siendo el mismo de siempre.

Consorte fue el único que no se prestó para la campaña de difamación contra Armando Guerra. El único que en toda la DEO advirtió el peligro de ser escritor díscolo y homosexual al mismo tiempo. Comenzó trabajando en la construcción. Era el jefe de la brigada que remodelaba la Casona. Mientras daba paletadas de albañil cantaba en el dialecto que le había enseñado la abuela, una negra cimarrona. Un día el Poeta Designado se detuvo a escucharle. Moreno, igual que él, usaba mucha grasa para alisarse la caracolada, y quizás esa culpa de pasar por blanco quiso higienizarla con el Consorte y su muy acendrada cultura yoruba. La Peña del Consorte, todos los fines de semana en los jardines de la Casona, se convirtieron en un sitio de reunión obligatoria, y donde la vaca enana de Colas Guillao era la única que tenía prohibida la entrada. Hasta Filadelfo asistió un par de veces, disfrazado de Julián del Casal —un kimono rojo, una máscara kabuki y unos chanclos de madera.

-Te van a ir a buscar por maricón –le dijo el Consorte en aquellos días tormentosos. -Piérdete de la ciudad o verte pal Norte. No por el poemita que te premiaron, sino por maricón…

-Yo seré maricón, pero soy hombre, Consorte.

-Bueno, entonces defiéndete como pueda porque esa gente te tiene una jiña de pinga.

Armando se da otro trago prolongado, y duro para una garganta desacostumbrada. No sabe por qué decidió quedarse, enfrentar lo que fuera, como un maricón-hombre, según le dijo a Consorte. ¿Era narcisismo del intelectual? ¿La fuerza de quien no se sabe inocente? Sabía, antes de escribirlo, que *Dentro del Recreo* iba a ser polémico. Podía buscarle problemas con la DEO. Sin embargo estaba convencido de que podría defenderse. En cambio, si era acusado de homosexual, incluso de corruptor de memores, no. Eso era otra cosa.

- ¡Armando Guerra, cará, el poeta perdido!

El presidente actual de la DEO, Margarito Barniz, es un resucitado como él. A pesar de ser un desaforado amador de hombres, más activo que Armando, había encontrado temprana rehabilitación al escribir la biografía de su abuelo y dedicársela al padre de Filadelfo.

- ¿Cómo estas Margarito?

-Chico, apostando contra otros compañeros a que tú ibas a venir –dijo sonriente, arrebatando a Consorte la botella de aguardiente, dándose un pequeño sorbo, delicado, con los ojos cerrados.

-Pues aquí estoy, Margarito. Vengo a ver a mi pupilo premiado.

Margarito va donde el Consorte. Le devuelve la botella. Dice:

- ¡Oye Armando, tu muchacho es un fenómeno!

Armando no sabe por qué lo ha dicho. Con Margarito siempre hay una, dos, tres lecturas. Investiga sobre los negros, ha sido amado por negros, y debe su fama a libros sobre los negros. Pero nunca ha sido amigo de Consorte. No puede con su rumba y su fama. No puede con que Consorte se precie de ser anfitrión de Filadelfo, amigo del difunto Poeta Designado. ¿Le molesta su hombría? ¿Le gustaría alguna vez ser penetrado por el amorcillado apéndice consorteril y este rechazo no es más que deseo carnal reprimido?

–Chico, y el muchacho ese, ¿está contigo?   -preguntó Barniz.

-No, Margarito, no –respondió Guerra. –Estoy solo. Mejor solo que mal acompañado.

-Pues mira, tienes que venir más por aquí. Hay mucha juventud, mucha Armando…

Alguien viene hacia ellos y dice "Jefe, ya todo el mundo está en el salón". Armando se despide de Consorte con un saludo. El poeta de la rumba, como también le dicen a Consorte, está en la esquina donde Armando se lo topó, los brazos cruzados sobre el pecho, la botella de aguardiente de regreso al camuflaje de la buganvilia.

-Vamos, Armando, vamos a empezar –mientras caminan hacia el garaje transformado en salón de reuniones, Margarito pregunta: -¿Por cierto, te has enterado del lío ese que hay con un Aguaele?

- Bueno, algo he oído.

-Esa es la noticia de ahora, Armando.  Y nosotros, como institución cultural, vamos a tener un papel *destacadísimo* –la palabra destacadísimo, en labios de Margarito, toma un cariz afectado. -Ya verás, amigo, ya verás.

Al entrar al salón, Armando Guerra casi no distingue las caras nuevas de las viejas, aunque estas últimas están en mayoría. El salón es el mismo de aquella época, solo ha cambiado el color -Margarito detesta el amarillo mierda de mono, prefiere el azul marino ligero de equipaje, como el poema de Machado. También el mobiliario es diferente. Las silletas de tijera son ahora unas frías butacas de plástico, donde no podría sentarse Colas Guillao con sus casi dos quintales de peso.

Va a sentarse detrás, pegado a la pared, donde supone que nadie lo ve. Y una vez acomodado en la silla, extraña el escenario sin la presencia de Guillao, sin duda un gran poeta al que Filadelfo provocó un daño irreparable: hacerlo funcionario. Entonces Colas Guillao no tuvo otro remedio que comentarle una tarde en que la vaca pastaba apaciblemente, devorando preciosas flores:

-Es un buen libro, Armando. Pero no ha gustado ni un poquitico.

-Chico, ¡y a mí que me importa eso! Eso es político y yo no soy político.

-Aquí todo es político -dijo el Poeta Nacional. -Nadie está por encima de la política en este país. Y la política se llama Filadelfo.

- ¿Filadelfo? ¿Y qué tiene que ver Filadelfo con un libro de poemas?

"Si, que tiene que ver un libro de poemas con el Comandante", se pregunta allá detrás Armando Guerra, donde cree que casi nadie ha notado su presencia. O quizás sí. Hay una sola puerta para entrar y salir. Todos lo vieron entrar, un poco más arrugado, cansoso, encorvado, labios secos de un hombre de más de seis pies de estatura, sonrisa amplia, franca. Quizás ninguno de los viejos quiso saludarlo. No por ahora. Después, cuando Margarito Barniz diga que es el momento; rompa el celofán que separa los innombrables de los ser persona; cuando el tiempo de la DEO sea el tiempo de los perdones, los olvidos, los pases de páginas y no de los pases de cuentas.

-Armando -dice alguien que se acerca-, te felicito.

Pérez-Chapucero le extiende la mano. El poeta la estrecha con la delicadeza de un felino, del Caín hambriento y suspicaz.

-No veo por qué -responde seco.

-Bueno, por haber venido. Y también por tu hijo.

- ¡Ah, la poesía!

-No, Armando, Por la poesía y el trabajo que publicó el Órgano Oficial.

- ¿Publicado en el Órgano Oficial?

-Ah, claro. Tú no lo recibes. O no lo lees -dice Pérez-Chapucero, sarcástico. -Ya tu hijo ha debutado en el periodismo.

-No -balbucea Armando. -Ni lo recibo ni lo leo.

-Mira, aquí te lo dejo. Yo tengo más en la oficina – y Pérez-Chapucero se va a sentar en la primera fila, como corresponde a un burócrata de su nivel.

La premiación del concurso avanza con rapidez. Demasiado rápido para ser un hecho de incultura. Desmedidamente rápido para poder leer un artículo en primera página, firmado por su hijo, sobre la historia de un Aguaele patriota, robado por delincuentes del Norte. Ya no hay nada para Armando Guerra más importante que las letras de su hijo en el Órgano Oficial. Solo presta atención cuando Pérez-Chapucero menciona su nombre, la sala rompe en aplausos y comienza a hablar del avatar del Aguaele sin que a muchos quede claro que quién escribió en el Órgano Oficial sobre la agresión norteña fue su hijo; el mismo que ha firmado su primer trabajo para la Involución como Armando Fernández del Solar.

IX.

Todos los días bien temprano la mensajera de la bodega de la esquina le dejaba a Armando Guerra el único pan de la libreta en la puerta de la casa. El pan era ácido y de poca masa crítica, y el poeta lo mojaba en la leche que la misma mensajera vendía. A veces venía hasta dos y tres veces por semana con algo extra que daban por la Libreta de Desabastecimiento –media libra de pollo, un perro caliente sin tripa, una lata sin nada. Aunque Armando muchas veces tomaba fiado, Ángeles, como se llamaba la mensajera, sentía pena por él y olvidaba la deuda. Podía hacerlo porque era la hija del bodeguero. Tuvo que abandonar la escuela tras salir embarazada a los 15 años de un hombre del cual no recordaba ni el nombre. La muerte de la madre, poco tiempo después un aborto precipitado selló el destino de Ángeles como ayudante de su padre en la difícil tarea de repartir, casa por casa, los pocos alimentos que daba la Involución para disfrute del pueblo. La admiración de Ángeles por el poeta olvidado, y de este por la muchacha, quien cargaba los mandados en una bicicleta preparada para el multioficios, era mutua. Armando no perdía la oportunidad de saludarla con la manida justificación de otro encargo de leche en polvo y café con chícharos. Le recordaba a su hija, quien no lo había vuelto a ver en años. Y él le recordaba a ella, quien sabe por qué misteriosa conjetura, a su madre; tal vez porque lo sabía escritor, poeta, y la madre de Ángeles fue una gran lectora, fallecida infelizmente, con un libro en la mano mientras resistía otra infusión de medicamentos contra el cáncer de seno. Bodeguera-mensajera como era, Ángeles había heredado el hábito de la lectura, quizás como homenaje, tal vez como escape a esos olores fuertes del vinagre, el queroseno, las viandas y las frutas podridas almacenadas en la trastienda donde debía concluir las tareas del colegio antes de marcharse a casa.

- Ángeles, hija, ¿qué lees?

-Poesía, Papi. Poesía.

-Hija, a los poetas no hay quien los entienda. Y se mueren de hambre. Mira a ese pobre hombre…

- ¿Quién?

- Ese, el de la casa azul y blanca. El que vive solo.

- Nunca he conocido un poeta en persona.

-Pues empieza llevándole los mandados, y así de paso te ganas unos pesitos.

El trabajo de mensajería fue una creación del Ministerio de Bolsa Interior (MIBOLIN). Cada bodega, para agilizar la repartición menos equitativa posible e incentivar el mercado real, paralelo, o como le decían, Bolsa Negra —no podía decirse en público porque parecía una frase racista-, encargaba a dos o tres individuos llevar hasta la puerta de la casa los abastecimientos de la Libreta de Desabastecimiento. El recorrido a casa de Armando ya lo tenía un tal Pepín, admirador del poeta, más por su proclividad amatoria de hombres que por sus versos. Aunque Armando jamás dio su espalda baja a torcer –sería una ofensa rebajarse a la prosaica carnalidad de un mensajero por un pan acido de más-, le gustaba la seriedad del mensajero alegre. Pero como donde manda bodeguero no manda mensajero, la hija del primero tomó la ruta del falso seguidor de la obra de Armando Guerra.

Las primeras veces no lo vio. El hombre dejaba un pequeño cartel en la puerta donde indicaba donde dejar los víveres. Hasta que un día Ángeles tocó la puerta con una libra de leche en polvo después de las diez de la mañana.

-Compañero, soy la mensajera nueva. Mire, tengo leche en polvo.

-Yo no compro nada en bolsa negra. –dijo y le cerró a la puerta en la cara.

Ella volvió a tocar. Armando iba a formarle la guerra.

-Ya le dije que no compro nada.

-Mire, no me cierre, compañero… Yo soy la hija del bodeguero de la esquina.

Armando abrió más la puerta, comprobó que nadie los estaba observando y le dijo que pasara. Una vez adentro, lo primero que le dijo es que no lo llamara compañero de nuevo. Había hecho alergia a esa palabra. Las mejores amistades surgen de las peores circunstancias, de los equívocos. A partir de ese día, Ángeles tuvo la llave de la casa del poeta, y la anuencia, rara, de poder revisar los estantes, llevarse a casa ediciones príncipes de los mejores bardos de la Isla. "Es maricón, para que lo sepas", dijo el padre a Ángeles cuando supo que traía libros apolillados de su casa. "Y a mí que me importa eso. Yo no me lo voy a singar". "! ¡Chica, que boca más sucia! ¡Ay que falta hubiera hecho tu madre para que te diera un par de gaznatones!".

-Deberías conocer a mi hijo. -dijo Armando un día que Ángeles expurgaba el librero con fruición.

- ¿Y por qué, profe? –así le decía ella. -¿Acaso quieres que me case con tu hijo para venir a vivir aquí?

-No, mija, no. Esa sería una felicidad inconmensurable…

-¿In…qué?

-Inconmensurable, es decir, inmensa, imposible de medir.

-Bueno, profe, te diré cuando lo conozca. Pero te advierto, nadie carga con una mujer como yo.

Armandito la conoció un domingo poco después de salir en primera plana del Órgano Oficial su artículo laudatorio a las gestiones del gobierno para recuperar el Aguaele. Le extraño ver una mujer en casa de su padre con tanta indiferencia, como si viviera allí; fregaba y limpiaba la cocina donde Armando apenas entraba.

-Mira, Armandito, ella es Ángeles, mi mensajera.

- ¿Tu mensajera?

-Sí, chico, de la bodega.

-¡Ah!

Ángeles vino hasta él secándose con un trapo sucio. Le extendió la mano. Habló al padre sin mirar a Armandito:

-Eh, ¿qué se creyó tu hijo, Armando? ¿Pensó que yo era tu querida?

-No, chica, yo…

-Deja eso, mira, déjame seguir en lo mío – y regresó a enjuagar los platos y pasar la bayeta.

Armandito no tuvo de otra que sonreír. Que personita más fresca, atrevida, pensó. Pero algo en ella llamo su atención. Tal vez fue el short raído: de espalda en el fregadero, la chica ofrecía aquella punta del glúteo derecho sin oponer resistencia. O fue la cara, sus rasgos asiáticos junto a unos labios de negra, arqueados hacia abajo, como disgustados y al mismo tiempo invitando a una mordida en un arrebatado impulso libidinal. Ángeles no aparentaba más edad por sus pechos erguidos; como estiletes sus pezones, y que sin sostenedores se insinuaban debajo de la camiseta blanca; el sudoroso valle que separaba sus mamas retaba la sensualidad de cualquier interlocutor desprevenido.

Cuando hubo terminado, Armandito todavía de pie en medio de la sala, ella tomó la jaba de encima de la mesa del comedor como si el hijo del Poeta fuera invisible.

-Bueno, me voy. Ya tú sabes cómo se pone el viejo cuando me demoro –dijo.

- ¿No querías decirle algo a mi hijo? –la detuvo Armando con la pregunta.

-Ay, no, no recuerdo…

-De lo que leíste… en el Órgano Oficial.

- ¡Ah!, ya… que me gustó mucho como escribe, pero creo que debía instruirse más antes de escribir sobre esas cosas.

- ¿Instruirme? –dijo Armandito. - ¿Cómo es eso?

-Chico no sé si tu Papá te habrá contado sobre mí – dijo ella suspirando, colocando la bolsa otra vez sobre la mesa de comer. –Mi padre es el bodeguero de la esquina, y es involucionario hasta la pared de enfrente. Para él Filadelfo es un dios. Pero resulta que yo no. Y para rematar, practico una religión, esa de que hablas en el artículo, la del Aguaele. Como mi padre recibe el Órgano todos los días, pude leerlo, y me interesó tu trabajo. Se lo comenté a tu padre. Le dije, oye Armando, el que escribió esta mierda no sabe ni ocho cuartos de lo que está escribiendo…

-Cuando supo que mi hijo era el autor me pidió perdón –interrumpió el poeta. –Y le dije, no, Ángeles, pídeselo tú cuando lo veas por aquí.

-Y aquí estoy, ¿pero sabes una cosa, pichón? –preguntó Ángeles con gracia e ironía.- No hay perdón que valga. Eso está bien escrito, pero a mí me sigue pareciendo una mierda. Y ahora sí que me voy…

-Oye, espera, no te vayas…dime…

-Otro día, mijo. Dile, Armando, cuéntale mi vida. Chao.

Armando Guerra quedo riendo de buena gana cuando ella cerró con un portazo. Que chiquita esta, dijo. Se daba cuenta de que resultaba chocante, desagradable para su hijo, acostumbrado a mujeres suaves, quizás hipócritas, ladinas. Ahí donde la veía, Ángeles era toda contradicción. Amante de la poesía, y de la buena música, se desbocaba en malas palabras cuando algo salía mal, se sentía amenazada.

Perdió a su madre muy joven. Tuvo una relación muy destructiva, con un hombre mayor que la maltrataba y la embarazo siendo muy joven. Armando la sintió desvalida, y a la vez luchadora, montando la bicicleta por todo el barrio con los mandados a cuestas. Fue entonces que la invitó a compartir casa y comida. Pero el padre de Ángeles se opuso con el argumento más inverosímil: el poeta era un contrainvolucionario conocido. Que fuera maricón era lo de menos, pues era una garantía de que su hija no se iba preñar de otro viejo.

Ángeles venía varias veces a la semana, en ocasiones sin nada que traer, solo para llevarse algún libro o escuchar las últimas noticias de la farándula nacional, que llegaban a Armando por los dos o tres nuevos efebos necesitados de un impulso por detrás para alcanzar la gloria del Parnaso Tropical. Ángeles no pensaba ni actuaba como su padre. Todo lo contrario. Pero Armando debía cuidarse. Ella respetaba y quería a quien era, a pesar de todo, padre y madre para ella. Con el poeta la cosa era distinta. El día menos pensado el bodeguero se prestaría para cualquier celada, por celos o por vocación involucionaria, el peor de todos los amores ciegos.

-Yo sé que te llamo la atención. Pero aléjate de la chiquita, no por ella, sino por el padre. –terminó advirtiéndole Armando Guerra.

-Eso no hace falta que me lo digas. No es mi tipo.

El padre sonrió.

-No será tu tipo mental. El físico te volvió loco, hijo. La mirabas con ganas de comértela, cabrón.

Armandito devolvió el gesto. No, en verdad en ese momento solo le interesaba su carrera en el periódico, y el Aguaele, la Involución. Le habían encargado un segundo trabajo, cierta entrevista con uno de los familiares que reclamaban el coco robado. Quizás vendría por acá con más frecuencia. Ella podía ser una ayuda importante porque sabía de religiones y santos. A fin de cuentas, el padre era un involucionario comprometido como él, ¿o no?

-Bueno, como quieras –dijo Armando. -Ahora dame ese periódico que tienes ahí. Yo te voy a dar mi opinión como escritor. Te voy a llevar tenso, para que lo sepas.

X.

Por fin el gobierno de la Orilla Norte decidió que el Aguaele no les pertenecía como propiedad, pero sí como legitima posesión –abandonada– en su territorio. En una actividad televisada a toda la nación, los federales entregaron el coco seco al Tío Pepe en una olvidada calle de un Barrio de Miyama. De inmediato las organizaciones de contrainvolucionarios, y antifiladelfistas, comenzaron una colecta para sufragar los gastos de un altar y una capilla en el patio de la casa del Tío Pepe. Se pedía solo un centavo por persona. Tal era la astuta manera, ideada por la esposa de Tío Pepe, la señora Flor de Liz, para evadir la fiscalización de los federales. Quien echaba en las alcancías más de un centavo era reprendido con severidad.

Desde el inicio de la colecta, Flor dejó de trabajar en el Palacio del Colesterol como freidora. Ya no tendría que venir a casa con olor a grasa recalentada en el pelo, los pies hinchados, las hemorroides afuera y la picazón tormentosa debajo de las axilas. Con las primeras alcancías pudo cortarse y acicalarse el cabello; después comprar ropa decente y visitar al proctólogo, el doctor Rector, un renombrado especialista en almorranas rebeldes. Las axilas fueron depiladas y curadas tras descubrir la causa de tanta comezón: unos golondrinos crónicos de cuando en la Isla alejaba los malos olores con bicarbonato y alcohol metílico. En poco tiempo, Flor era otra flor.

Tío Pepe también comenzó una metamorfosis rápida hacia lo que sería una especie de párroco laical. En apenas un par de días los buldóceres tumbaron cercas vecinales, matas de mango y aguacate. Entraron los albañiles con mezcla, los pintores de brocha gorda, los techeros con seguro de vida por caída al vacío. En semanas la Capilla del Aguaele Exiliado estuvo lista para recibir, de manos del Tío Pepe, el objeto sagrado. No volvió a ser un tío cualquiera, ni siquiera un Tiovivo: fue el predicador que explicaba a los visitantes, y a quienes hicieran sonar las dos alcancías a cada lado de la puerta de la Capilla, la travesía del Aguaele por la historia nacional, Cómo un sencillo coco se había convertido en objeto de veneración por generaciones de patriotas antifiladélficos. Porque, aclaraba a quien llamaban todos Padre Pepe, el Aguaele era, por definición y herencia, símbolo de libertad, antifiladélficos por su propia naturaleza de fruto de palmera, ondeando al viento, madurando la pulpa bajo el silencio del Sol del verano.

- ¡Padre Pepe, pero que bueno habla usted!

-Castellano bailaba. Yo no bailo. Pero no soy siquiera quien habla. El Aguaele habla por mí. Yo solo soy su voz humana, profana transfiguración de su divinidad.

La Capilla abría bien temprano, y no cerraba sus puertas hasta la media noche, para lo cual el Padre Pepe había contratado varios asistentes, entre ellos a una muchacha llamada Nora, de un cuerpo extraño, enigmático; el voluminoso trasero terminaba en una cintura pequeña y volvía a abrirse encima del ombligo en unas mamas erectas y grandes. Pero su cara… la cara era, realmente, desagradable: huellas de la acné o de la viruela, labios grandes, caninos que sobresalían como una reencarnación del Príncipe Vlad; se le sumaba a la equina facie una nariz chata, de negra bantú –y Nora era tan blanca como la nieve, sin ser Blancanieves, la negrita que traía el correo por la mañana. Era Nora quien, en ausencia del Padre Pepe, contaba la historia del Aguaele añadiéndole, por supuesto, de su cosecha personal. Lo que empezó a molestar a Flor no fueron esas licencias históricas, sino que su marido no podía quitar los ojos de encima del cuerpo espléndido de la guía, no de su cara, perturbadora.

-Hasta aquí llegamos. La botas de aquí o me voy yo –dijo Flor.

-No puedo, mami. Aunque no lo creas, ella trabaja para los federales.

Caracaballo era el alias de Nora para las agencias federales. El Padre Pepe se asustó un poco después de percibir los peligrosos celos de Flor; se limitó a estimularla a hacer lo único que ella sabía después de abandonar las trasudaciones de grasa en el Palacio del Colesterol: visitar los comercios y las boutiques caras de Miyama para olvidarse de como su marido la traicionaba.

La Capilla seguía creciendo en fieles, dineros y, sobre todo, en curiosos periodistas en busca de la contradicción, el dato falso, la exageración fanática, la fuerza noticiosa de lo oculto. No pasaba un día sin que la prensa de Miyama publicara sobre el Aguaele. Parecía haber comenzado una guerra mediática entre la Isla y el Norte.

El régimen Filadelfista creó un movimiento en la Isla llamado Batalla de Malas Ideas para reclamar la devolución de la reliquia con casi los mismos argumentos con los cuales el Padre Pepe trataba de convencer a los visitantes de depositar un centavo más en cada alcancía parroquial. De tal modo, los federales presintieron que la batalla contra la Batalla podía perderse, no por los gritos, sino por razones obvias.

Encargaron a Caracaballo la vigilancia más estricta de la pareja sufragánea.

-Ella está cómo enloquecida comprando ropa y joyas –dijo en el primer informe oficial a sus jefes.

-Déjala Caracaballo, eso alivia la tensión de ella y de nosotros.

-Sí, pero acaba con las alcancías de la Capilla.

- ¿Y a ti que te importa eso, Caracaballo? Somos nosotros los que te pagamos, no ellos.

- ¡Pero si descubren eso será el escándalo más grande de Miyama!

-Los hemos tenido, peores, ¿verdad Watson?

-Claro, Maigret, claro –dijo el otro policía federal mascando un puro de la Isla, confiscado en el puerto a un navegante solitario que equivocó la ruta creyendo que el Norte era el Sur, como la paloma del poeta gaditano.

-La idea es solo recoger información. Solo registrar sus pasos, Caracaballo –ordenó Watson.

-No sabes lo importante que es la información. No lo sabes bien –complementó Maigret a su compañero, entre dientes, dando candela al puro.

Flor de Liz llegó al extremo de construir un cuarto en la parte trasera de la casa para almacenar cientos de pares de zapatos, carteras, vestidos y joyas. Nadie tenía acceso al cuarto-armario; Por alguna indiscreción, se filtró que la esposa del Padre Pepe usaba las donaciones a la Capilla del Aguaele en provecho personal. Watson y Maigret –acaso nombres de guerra, como Caracaballo-, se personaron en la Capilla un domingo en la tarde, cuando el sopor los hacia casi invisibles en la canícula de Miyama. Prefirieron la intimidad del lugar donde reposaba la reliquia, ubicada sobre un pedestal de cobre cubierto con cristales blindados.

-Padre Pepe, esto ha llegado a ser intolerable –dijo con afectación Watson. -Nos estás obligando a devolverle esa *cosa* a Filadelfo.

- ¡No es una cosa, señor ¡¡ *Eso* es algo sagrado! -gritó descompuesto el Tío, no el Padre Pepe.

-Lo que sea, lo que sea –intervenido Maigret, con su acidez de costumbre. -Ustedes están robando a la gente y el gobierno no lo va a permitir.

-Eso habría que demostrarlo –dijo Padre Pepe todavía irritado.

-Pepe, mi querido Pepe –dijo ahora Watson en tono conciliador. –Tú sabes mejor que nadie lo que pasa con tu mujer.

-Te tenemos la solución, Padre Pepe –dijo Maigret buscando un encendedor, con otro puro entre sus caninos amarillos.

-Sí, Padre Pepe, como dice mi compañero, la solución la tenemos nosotros.

-No, ustedes no pueden hacer eso –adivinó Pepe.

-Pues sí, hay que sacar el Aguaele de este chisme, de este brete insular.

-Pero eso no es de ustedes. Pertenece a la Isla, a mi familia…

Maigret encendió el tabaco esta vez sin dejar de mirar al rechoncho Pepe, entre asustado e imprudente.

-El Aguaele se va a la capital. Esa es la decisión del gobernador. Allí estará lejos del público –dijo Maigret señalando a los periodistas que noche y día, pegados a la cerca de la casa, esperaban noticias de la reliquia en disputa.

-No lo lograran, señores –dijo Tío Pepe con desconocido valor. –El Aguaele es parte de Miyama. La gente no va a dejar que lo saquen de aquí.

-Eso lo veremos, Pepito –dijo Maigret echando una bocanada de humo ácido en la cara de quien se titulaba legítimo heredero de un coco extraviado en la soledad de la Bahía.

ACTO SEGUNDO.

XI.

## El Aguaele pertenece a la Patria.

*Por Armando Fernández del Solar*

Cuando llamé al compañero Gil para la entrevista su respuesta fue que no daba citas a nadie. Quería mantener el conflicto en torno al Aguaele dentro de la mayor discreción, como un asunto familiar. "Ha sido muy difícil manejar esto", me dijo. No tuve otro remedio que usar el argumento involucionario: "compañero Gil, la Patria necesita saber la verdad". Agregué que sería una conversación informal, fuera de la vista de los curiosos. El Órgano Oficial la publicaría en primera plana. Necesitaba darle al pueblo información veraz, actualizada sobre la reliquia robada por los norteños, de un valor sentimental, histórico, para los insulares. Dijo que nos veríamos en la ostionera de la calle San Lázaro. "Allí nadie nos va a molestar". Me pareció extraño. En aquel lugar solo hay ostiones para los amigos. Más rara fue su llegada, retrasado, y diciéndole al cantinero "oye, ponme tres al tiro". "Yo pensaba que hablaríamos, no que jugaríamos cubilete". Gil río de buena gana. "No chico", dijo, "es la contraseña para que nadie nos estorbe; para que el tipo nos azore las moscas, ¿entiendes?" Ahí me di cuenta de que Gil no era tan gil. Los insegurosos lo habían entrenado en el difícil arte de hacerse invisible a los ojos del corazón. Pidió un vasito de cerveza, y otro para mí. 'Por dos más", le dije al compañero cantinero, "los ostiones están muy salados". Gil volvió a reír y se sintió cómodo. Entonces surgió mi primera pregunta.

**¿Qué significa el Aguaele para usted?**

*Es como un juguete muy querido de la infancia. Te acuerdas de Capullo de Rosa en Citizen Kane. Lo último que el tipo rico dice antes de morir es eso, Capullo de Rosa, su trineo cuando era un niño pobre jugando en la nieve. Pues así era el Aguaele para la familia. Mi padre me llevaba al Capitolio Nacional y allí estaba, en una vitrina. Míralo bien, me decía, porque un día traerás a tu hijo y le dirás que ese sencillo coco seco fue el amuleto con el que combatieron nuestros patriotas en la Guerra de Dependencia. Me aprendí de memoria los escalones del Capitolio, y los nombres de los fotógrafos de daguerrotipo, que querían tomarte una foto cada vez que aparecías allí. Después, al crecer, te das cuenta de la responsabilidad que tienes con ese "juguete".*

**¿Tiene algún recuerdo especial del Aguaele?**

*Además de aquellos paseos dominicales a verlo los domingos, el arroz amarillo que hacia mi abuela al regresar de rendirle honores al Aguaele. Y tú dirás, ¿qué tiene que ver el coco con el arroz? Es que abuela echaba masa de coco al arroz, y ahí aprovechaba y hacia los cuentos de su abuelo y su padre, la guerra, el Aguaele y sus milagros. Arroz con coco, lo comen en la costa norte de Sudamérica. Si, abuela cocinaba muy bien. Ella pelaba la masa del coco, y la freía con el arroz, mantequilla y cebollita picada. Después le echaba un cuadrito de sopa, y si había algo de proteína, de soya por supuesto, lo mezclaba todo y entonces agregaba el agua. Una taza y media de agua, para que quede ensopado, por cada taza de arroz. Y fuego lento, muy lento, lento, lento...*

**¿Pero te pregunté sobre el Aguaele?**

*El Aguaele estaba siempre en las oraciones de la abuela. Porque ella, antes de servir el arroz con coco, invocaba los espíritus rebeldes de las palmeras y de los güijes insepultos. Ella pelaba el coco, y freía el arroz con mantequilla, y le echaba cebollita picada, muy fina; después, el cuadrito de sopa...*

**Como usted sabe, están reclamando el Aguaele en la orilla Norte. ¿Por qué crees que allá sus propios familiares están renuentes a devolverlo a la isla?**

*Eso me ha tenido un poco molesto, de verdad. Pepe es tío segundo mío. Somos parientes lejanos. Él y su familia se fueron a la Orilla Norte y dejaron detrás a los suyos, incluido el Aguaele, que mi familia, involucionaria, donó al Capitolio Nacional. El Aguaele nunca fue de ellos, y ellos lo saben. No hay posibilidad legal para que permanezca allá. El Aguaele pertenece a la Patria. Nadie tiene derecho personal sobre él. El llamado Tío Pepe no es siquiera un sherry. Es un farsante. Ahora se hace llamar Padre Pepe, y se han robado hasta los clavos de la capilla que centavo a centavo levantaron los fieles. Es criminal, te digo. Ilegal y criminal. Por cierto, mi abuela era muy buena cocinera....*

**En su legítimo reclamo, ¿qué apoyo ha tenido del gobierno?**

*Ya que me das la oportunidad de informarle a todo el pueblo de la Isla, te puedo confirmar porque así se me ha autorizado, que el compañero Filadelfo no ha dejado de estar al tanto de todo. Mi familia y yo hemos tenido todo el apoyo material y espiritual, babalaos y obispos incluidos, para reclamar el Aguaele de la Patria. Al tal punto ha llegado el acompañamiento que por orden del Comandante Filadelfo se ha formado la Batalla de Malas Ideas. Mi abuelita...*

Faltaba muy poco para concluir la conversación amena e instructiva cuando uno de los ostiófagos habituales interrumpió con un cubilete: "¿ustedes no pidieron tres al tiro? Miren", dijo tirando sobre la mesa los dados, "cinco negros en un tiro".

"Compañero, están en el medio de una entrevista", dijo el cantinero de Cuba, Cuba, Cuba. "! Ah, entrevista!", dijo sorprendido el disruptivo y despareció. "Un fuera de vista el tipo ese", dijo Gil queriendo demostrar que tenía mal puesto el nombre.

**¿Qué acciones tomara próximamente para continuar esta Batalla de Malas Ideas?**

*Como usted ha dicho, continuar la Batalla. Próximamente el caso será llevado a las organizaciones internacionales, y tendrá el apoyo de los Países Alineados. También los grupos de insolidaridad con nuestra Isla. Pero la Batalla de Malas Ideas debe ser llevada hacia adentro del Norte; hacerle saber a los norteños que el Aguaele no es de ellos, sino que pertenece a la Patria. El Aguaele debe seguir alumbrándonos el camino hacia el desarrollo insostenible, y la guerra permanente.*

Eran pasadas las seis de la tarde, y no había manera de que el compañero cantinero pudiera azorar todas las moscas que se aproximaban agresivamente sobre mi entrevistado. Era muy raro. Las moscas solo revoloteaban encima de su cabeza, no lo dejaban hablar, incluso cuando el cantinero compañero, sacó el cubilete. Era como si Gil no se hubiera bañado en días. Tantas moscas no pueden estar equivocadas, pensé antes de concluir.

**Hay algo que usted desee añadir.**

*No, solo reafirmar que el Aguaele pertenece a la Patria, y cumpliremos con el Comandante Filadelfo. El Aguaele volverá a marcar el kilómetro cero en el Capitolio Nacional.*

XII.

Chacal vino corriendo a través de los pasillos subterráneos que enlazaban el Palacio de la Involución y el Órgano Oficial. Se detuvo justo ante la puerta secreta que daba al salón de reuniones, donde se ascendía desde el piso soterrado. Ya no estaba apto físicamente para esas carreras. Tampoco para tantos sustos, cambios de última hora. Debía decirle al Consejo de Dirección que lo esperaba desde la media noche que el Comandante Filadelfo había prolongado la reunión que iba a ser breve; le brindó la última taza de café alrededor de las tres de la madrugada, la hora en la cual el Comandante despachaba los asuntos más importantes. "Soy un conspirador nato. Mi ambiente es este, el de las sombras y el sueño ajeno". Era una de las costumbres del Comandante insomne: husmear en todo conflicto político emergente; enterarse de los chismes que bordeaban y ponían en peligro su Poder.

Al llegar al salón, Chacal encontró un panorama desolador. Zapatico, en posición fetal, roncaba sobre unas cajas de papeles de copia. Mancebo tenía los brazos cruzados; sus poderosos bíceps y tríceps alimentados con jornadas diarias de ejercicios en una unidad de Tropas Especiales eran la almohada para la cabeza engominada. Toro Sentado tirado en un butacón inservible; la cabezota de puerco ladeada, roncando como un bendito. El único despierto a esa hora era Capanegra. Aunque no era del Consejo de Dirección propiamente dicho, era citado cada vez que un tema importante debía ser debatido, una decisión tomada sin apuros. Capanegra tenía en sus manos un libro pequeño que cerró de inmediato tan pronto sintió moverse el picaporte de la puerta que daba a los pasillos secretos. Había adquirido la peste del insomnio desde sus días de director del Órgano Oficial. Para él no era molestia esperar toda la madrugada. Oír noticias frescas venidas de la oficina del Comandante era un acontecimiento merecedor de la espera más flagelante. Capa seguía siendo un hombre de confianza de la más alta jerarquía del Partido, y sobre todo del Ministerio del Terror. En su muy prodiga historia también tuvo reuniones madrugadoras con Filadelfo, de aquellas que se conocía cuando empezaban pero nunca cuando terminaban. Acompañó al Comandante en decenas de viajes dentro de la Isla y fuera de ella; uno de los hobbies del Líder Máximo era que le hicieran chistes sobre él mismo, y ver salir el Sol con un vaso de wiski en la mano.

-No me extraña que se hayan quedado dormidos – dijo Chacal.

-Yo pensé que ibas a demorarte más – dijo Capanegra.

-Por suerte el Comandante se va a pescar submarino mañana –dijo Chacal.

-Bueno, nosotros a trabajar ¿no? –dijo Capanegra.

Cada uno se fue despertando como pudo. Zapatico se quejó de que las cajas de papel estaban muy duras; el dolor de columna no la dejaría vivir por unos días. Mancebo se levantó de un enorme charco de baba; lo limpió con la manga de la camisa para que nadie se diera cuenta la babosería infantil del sueño corto y lujurioso. Toro Sentado siguió derrumbado en una poltrona desvencijada; su cabeza porcina, ahora erecta, daba la impresión de un zombi resurrecto; aun despierto emitía su soplido de obeso desvelado.

-Bueno, compañeros, este es el asunto: el compañero Filadelfo quiere que sea el Órgano Oficial quien dirija la Batalla de las Malas Ideas; que de aquí, de esta institución, salgan las propuestas para esa gran batalla por el rescate del Aguaele.

-¡Me parece genial! –gritó Zapatico hasta entonces adormilada.

-Sí, claro –secundó Mancebo, desenfundando el peine, acicalándose. - ¿Quién mejor que nosotros?

-Mejor que nosotros, cualquiera –habló Capanegra y todos terminaron despertándose. - Solo que nadie tan rápidos como nosotros para entrar en una batalla por la Involución.

Bueno, de eso mismo se trataba, explicó Chacal. La Batalla de las Malas Ideas sería un programa diverso, complejo, total. Una ofensiva comunicacional para mover voluntades en la Isla y en la Orilla Norte y traer de regreso el Aguaele. Al Comandante se le había ocurrido la brillante idea de guerra en todos los frentes posibles. La prensa, en este caso el Órgano Oficial –de quien los demás medios copiaban al carbón las noticias y los editoriales- sería el coordinador principal de otras dos actividades: la televisión y la radio, y los mítines abiertos, donde acudiría el pueblo a manifestarse contra el robo norteño. La televisión empezaría un espacio llamado Mesa Cuadrada, porque toda la información debía cuadrarse, cotejarse, eslabonarse de modo que no hubiera discrepancia alguna en torno al Aguaele y su retorno. De la misma manera, las Tribunas Cerradas serian actividades con mucho control, con vociferantes escogidos, sin azar, los cuales con elocuencia involucionaria pedirían el regreso del símbolo patrio.

-¡Como siempre, el Comandante se la comió! –dijo Mancebo, muy despierto, contemplando su propio futuro luminoso.

Capanegra pidió la palabra.

-Lo que me preocupa es que son muchas tareas para tan poca gente – señaló con el lápiz a sus colegas.

Chacal argumentó que por recursos no se preocuparan. Filadelfo abriría una cuenta en moneda nacional y otra extranjera para pagar la Batalla de las Malas Ideas. No escatimaría en gastos. Esta iba a ser la pelea final contra el Norte colonialista. Al devolver el Aguaele, como seguramente sucedería, la derrota moral de los norteños sería tan grande que sus dirigentes federales propondrían un pacto, reiniciarían relaciones normales con la Isla. Eso sí, necesitarían refuerzos en el Órgano Oficial.

-Yo tengo un par de muchachos en la redacción cultural que pueden ser muy útiles – dijo Toro Sentado.

-Allí todos son maricones –intervino Mancebo.

- ¡Más maricona será tu madre ¡–respondió Toro.

Chacal hizo valer su hombría:

-Oye, cojones, ¿Qué pasa aquí? Dejen esa discusión ya.

Zapatico parecía rubicunda. Levantó la mano. Chacal le dio la palabra, todavía con disgusto en su rostro.

-Yo creo que es hora de traer sangre joven –dijo Zapatico. -Yo pensaba en el chiquito ese, el que ganó con la poesía, el de la entrevista que tanto ha gustado.

- ¡Ni en juego! –dijo Capanegra. –Ese ha tenido su minuto de fama…y se ha pasado.

-Pues a mí me parece una buena opción –dijo Toro Sentado mirando a Mancebo, que había pedido la palabra antes que él.

-Compañeros, por favor, analicemos una cosa, el muchacho escribe bien. -dijo Mancebo. -Tenerlo aquí en el Órgano es una garantía, ¿verdad director?

-Yo insisto en algo importante –reclamó, vehemente, Capanegra. –Ese muchacho es hijo de un traidor, de un contrainvolucionario.

Chacal no pudo contenerse, algo raro en él. Atacar a Capanegra era el único error que no podía cometer. Pero se sentía respaldado por Filadelfo, por el Partido. Por la responsabilidad en la Batalla de las Malas Ideas. Podría arrepentirse toda la vida de sus palabras. Pero eran las que llevaba el momento:

-Compañero Capanegra, aquí el que menos puede hablar de hijos y padres traidores eres tú…

-¿Qué quieres decir, director?

-Que tus hijos se fueron para el Norte, Capa. Y aquí todo el mundo sabe que no estás en mi puesto por eso, porque tus hijos se fueron de la Isla, porque son contrainvolucionarios.

-Sí, se fueron, ¿y qué? –dijo el antiguo director de pie, blandiendo el Libro Rojo en la mano. –Se fueron, pero en todos estos años no han hecho una sola declaración contra esta Isla.

-Para no perjudicar a su padre. Por eso –entró Zapatico en la discusión.

-Porque no están contra nosotros. Más de lo que me perjudicaron cuando decidieron irse no pudieron.

José Raúl Capanegra se levantó violentamente, Tiró la silla contra el piso. El salón quedó en silencio tras el portazo de quien ya no sabía tolerar una palabra en su contra.

-Está viejo, muy viejo –dijo Toro Sentado, socarrón.

-Sí, muy viejo. Y se pondrá más viejo cuando sepa que es el mismísimo Comandante quien quiere al chiquito trabajando con nosotros.

-¿Con nosotros? ¿Cómo es eso, director? –pregunto Mancebo apuntalando la risa entre dientes: nada disfrutaba más que ver a la vieja elite del Órgano Oficial perder la compostura, y sobre todo, los puestos vitalicios.

-El compañero Filadelfo quiere que Armando Fernández del Solar sea el subdirector del Órgano Oficial.

Hubo silencio por unos minutos. Mancebo tragó en seco.

-Ese cargo no existe desde que quitaron a Milagro.

-¿Pensabas que te lo iban a dar a ti? –preguntó Zapatico con ironía.

-Era hora de tener un subdirector –aclaró Chacal. – El Comandante quiere que ese muchacho empiece desde abajo, encargándose de coordinar algunas cosas, presentando lo que será la Mesa Cuadrada, a nombre de este Órgano Oficial. Para eso necesita poder, un cargo…

-Él es muy bien parecido –dijo Zapatico.

-Eso nada tiene que ver con la presentación en vivo, compañera –dijo Toro Sentado -. Mira, Chacal, yo sigo creyendo que la sección de culturales es la que debe dirigir los medios como la televisión y la radio. ¿Dejarle al chiquito eso de las Tribunas Cerradas? Él es un agitador de masas, un poeta, no un comunicador.

-Toro, la televisión llega a más gente. Y el compañero Filadelfo eso es lo que quiere; gente joven que luzca bien…

-Varoniles, involucionarios de voz fuerte.

-¿Tú también te vas a poner es esa jodedera, Zapatico? -preguntó Toro Sentado.

-No chico, Era una broma.

-Bueno, compañeros, casi va a amanecer. Hay que volver a la una de la tarde para la edición especial. Yo me encargo de avisarle al muchacho. Zapatico, por favor, trata de llamar a Capanegra. Si el hombre se me muere de un disgusto no sé dónde me voy a meter.

-No te preocupes, Jefe. Ese chino mulato es más duro que una piedra.

-Eso, eso es lo que me preocupa. Hay que ser más flexible porque vienen batallas difíciles. La cosa es estás conmigo o contra mí.

-Inteligentes palabras, compañero director –dijo Toro Sentado, levantándose de la butaca hecha jirones.

-No son mías. Son del Comandante, antes de despedirme: o están conmigo o contra mí.

XIII.

La bodega estaba en la esquina de la calle Piñera, situada estratégicamente en una loma. Desde allí Isidro tenía el control de los alimentos que por la libreta desabastecimiento entregaba la Involución y al mismo tiempo una visión panorámica, atalaya sin ser practicante, del barrio entero. Al sur, la Calzada con sus humos grises y las columnas de la Ciudad -¿la Ciudad de las Columnas Prietas?-sobre las cuales se iba acumulando el polvillo negruzco expelido por los tubos de escape de las guaguas deterioradas. La nube de gases contaminantes ascendía hasta el Hospital para Tuberculosos, y ahí quedaba, haciendo su mejor trabajo en el exterminio de los sobrevivientes a las manos de los cirujanos de tórax. Al Norte, Isidro podía ver el Parque; deterioradas la canal y las mecedoras, los árboles y las farolas sin frondosidad ni bombillos indiscretos; los rateros arrancaban con ferocidad de roedores toda iluminación queda antes de que los amantes del sexo oral se acomodaran en los bancos del parque.

Justo la bodega mejor ubicada en el Barrio del Rhoce, y el bodeguero un involucionario comprometido, lo habían visitado los compañeros de la Inseguridad. "Isidro, sabemos que eres un compañero probado, que donaste tu bodega a la causa Filadélfica". "Si, compañero", dijo Isidro el bodeguero, "y daría mi vida por la Involución". "No es para tanto, Isidro. No es para tanto. Es que tenemos un problema aquí en el barrio y nadie como tú para ayudarnos".

El problema, explicaron aquel día los dos oficiales de la Inseguridad del Estado, se llamaba Armando Guerra, un poeta mediocre, homosexual de apetito voraz, que compraba en esa misma bodega. Isidro preguntó qué tenía que ver él con la poesía, con la mariconería, si era un ciudadano casado, viudo, mejor dicho, y una hija. Bueno, dijo el otro policía político, es verdad que tú nada tienes que ver con eso. Aunque, compañero Isidro, a cualquiera se la va un borrón… seguro habrás oído decir que de chiquito y preso no se vale. Y de viejo tampoco, respondió el bodeguero tirando a relajo aquello. Cordura, señores, que esto es serio, dijo el policía circunspecto. La misión que el Ministerio encargaría a Isidro en aquellos días sería la observación del desafecto contrainvolucionario y parasitario germen llamado Armando Guerra. Isidro confesó que quizás él no era el hombre para semejante tarea; el tipo casi no salía de su casa, y si, en verdad recibía muchas visitas, muchachitos jóvenes, pero ni se sentían, si hacían sus cositas sucias era en silencio, se esconderían en el closet o se pondrían un tapaboca. El tal Guerra venía a buscar los mandados solo. Ni chistaba ni comprobaba el peso de nada; si Isidro le daba media libra de arroz menos –por equivocación, aclaró- el personaje daba media vuelta dándole las gracias y se perdía por el callejón hacia abajo, en dirección a su casa, donde vivía con la madre desde que la mujer y los hijos lo dejaron. "Mira Isidro, tienes que hacerte amigo de ese hombre". El bodeguero se negó rotundamente varias veces. Él no tenía amigos maricones y contrainvolucionarios. "Esta es una tarea del Partido. ¿Una misión secreta, entiendes?" Después de dos horas, finalmente Isidro aceptó colaborar con los insegurosos. Pero no sabía cómo hacerlo. ¿Despacharle una libra más de frijoles? ¿Enviarle una botella de ron? No, no, Isidro, nada de eso. Solo queremos que te hagas amigo, no que violes las leyes. Mira, tenemos información de que a este escritor le fascina el cha-cha-chá. Pero no puede bailar, es un patón. En su casa atesora una de las mejores colecciones de discos de cha-cha-chá de la Isla. Lo que vas a hacer es poner un tocadiscos encima de la tarima esta y cuando sepas que él viene para acá, o pasa cerca, enganchas un disco de cha-cha-chá, el que tú quieras, y como un papel cazamoscas veras como el malnacido ese enseguida se hace amigo tuyo. El bodeguero dijo que no tenía tocadiscos y menos discos de cha-cha-chá, algo que él también odiaba porque tampoco sabía dar dos pasos de baile, y se sentía incapaz, acomplejado desde joven viendo bailar y conquistar chiquitas mientras él se conformaba con recostarse a la columna del salón. Uno de los insegurosos, el de las bromas, se dispuso para enseñarle, pero el otro, el serio, dijo que no era necesario; Armando Guerra querría que Isidro le diera una lección de cha-cha-chá y correría el riesgo de plantarle un beso en la boca. No había que exponer así al compañero bodeguero ni poner en riesgo la operación de vigilancia, dijo el otro. Bastaba poner el tocadiscos a funcionar y cuando pasara el individuo, ¡zass!, atrapado por enfermizo, por cha-cha-chá adicto. Eso, sí, advirtió el policía cínico, tendrás que aprender algo del cha-cha-chá, porque Guerra sabe y te va a preguntar. Con el tocadiscos vendrá un libro con la historia del ritmo y sus modalidades actuales, dijo quien parecía jefe.

Cuando Isidro creía olvidada la conversación, y Armando Guerra pasaba frente a la bodega con más frecuencia que nunca, una noche, mientras cerraba la portezuela metálica del establecimiento, un automóvil sin placas se detuvo junto a él. Bajaron dos oficiales con un tocadiscos, varios discos y un par de libros. Isidro vivía a media cuadra. El aparato pesaba para cargarlo hasta allá. "No, no, todo esto se queda aquí, y los libros escóndelos", dijo el oficial que lo atendía. "Recuérdate, Isidro, tú eres un especialista del cha-cha-chá".

Al día siguiente el tocadiscos germano, monofónico, hizo sonar el primer disco de cha-cha-chá y boleros. La música tenía buen eco gracias al alto puntal de la bodega, y eso le daba al lugar un ambiente retro, al estilo pre-involucionario, con aquellas victrolas de a cinco centavos por canción y melodías seductoras. Los vecinos se asomaban en la puerta y preguntaban a Isidro por la novedad.

-Un regalo para animar el barrio -decía.

Isidro contó por lo menos tres ocasiones en las cuales pasó de largo el objetivo. En algún momento vendría a buscar los mandados, pensó Isidro, pues la madre estaba casi ciega, y no salía de la casa. El poeta caminaba cabizbajo, mirando el suelo, como si los huecos de la acera tuvieran la explicación a todo lo que le estaba sucediendo. Y en efecto, Armando Guerra no tuvo de otra que venir él mismo por el arroz y los frijoles entregados mensualmente por la libreta de desabastecimiento.

-Menos mal que usted nos evita algo de tristeza -dijo Amando, mirando el tocadiscos, tarareando la melodía de la Orquesta Aragón -Pero lo pudiera poner un poco más bajito porque el cha-cha-chá es el menos escandaloso de los ritmos tropicales por ser primo del danzón.

-Y de los montunos -aclaró el bodeguero un poco picado por la impertinencia del poeta.

-Bueno, lo de los montunos lo dijo Jorrín. A mí nunca me ha sonado como el son. -y sin pausa, agregó: -Bueno, yo vine por el café también.

Isidro siguió poniendo y quitando discos mientras demoraba el despacho todo lo posible. Pero Armando no volvió a hablar de cha-cha-chá. Puso las libras de arroz en una bolsa plástica que llevaba y se fue sin dar las gracias.

-El tipo es un pesao.

-Isidro, a lo tuyo -dijo el oficial a cargo, quien pidió se fueran a la trastienda para no ser importunados. -Ese no es tu amigo ni nunca lo será. Esta es una operación de la Inseguridad del Estado.

-Me pondrán una medalla, me imagino -dijo el bodeguero medio en broma, medio en serio.

-La Involución es agradecida con quienes la apoyan, Isidro. No deja a nadie abandonado.

Tampoco Armando Guerra lo dejaría abandonado. Cuando fue a buscar el azúcar del mes, trajo debajo del brazo un *long-playing* original de la orquesta del autor de La Engañadora.

-No presto mis discos. Pero usted parece una persona decente, y una de las pocas que van quedando y quienes le gusta esta música.

Sorprendido por semejante e inesperado ofrecimiento, Isidro creyó haber logrado penetrar la coraza emocional del poeta, y en un exceso de entusiasmo, al otro día hizo llegar a la puerta de su casa el doble de la cuota de chicharos y dos quincenas de café. "¿Y esto?", preguntó Armando a Lalo, el viejito ayudante de la bodega entonces. "¿Eso? Nada. Eso te lo manda Isidro, mi jefe". "Dile a tu jefe que en casa tomamos poco café, que nos alcanza con la cuota". "¿Y los chicharos?", de nuevo preguntó Lalo, sorprendido. "Que se los eche a las palomas del parque. Mi madre es diabética".

Lalo se fue sin prisa, preguntándose él mismo qué tendría que ver la insulina con el chícharo, -*Lathyrus cicera*-, y por qué alguien rechazaría el gesto de magnanimidad de Isidro el bodeguero, tan poco común en él. Cuando Isidro lo supo, muy ofendido, se quitó la camiseta-perro con la que trabajaba, vistió la guayabera de hilo de visitar la amante los viernes por la tarde y que escondía en la trastienda, y decidió ir a casa de Armando. Nadie en ese barrio le rechazaba una libra de chicharos y un mes de café, así como así. Le llevaba el disco de vuelta. "A los malagradecidos hay que tratarlos con tal", dijo a Lalo.

A Armando no le extrañó verlo en la puerta de su casa. Lo hizo pasar.

- ¿No sé si usted sabe con quién está tratando? – preguntó el poeta.

-Con un cliente, supongo.

Por esos días Armando Guerra era uno de los hombres más vigilados de la Isla. Lo sabía todo el mundo. Todos, menos al parecer el bodeguero del cha-cha-chá, el *espía novo, el Mata Hari de la alacena.* Tocaba a Armando lidiar con las sombras, la incertidumbre de quien era y qué quería ese hombre por unas libras de comida.

-Además de ser su cliente, ¿qué más?

-Escritor, un poeta, algo así –contestó Isidro haciendo un esfuerzo por no perder la compostura, seguirle el juego, cumplir con los compañeros de la Inseguridad.

Armando observó el disco en sus manos por unos segundos. Levantó la vista.

- Mire, le traje su disco. Muy bonito -dijo Isidro.

-No hacía falta -dijo Armando un poco confundido. -Quédese más tiempo con él. Tengo roto el tocadiscos.

-Yo sé quién puede arreglárselo y cobra barato.

-No, gracias, señor. Yo casi no oigo música. Mire, ¿su nombre?

-Isidro.

-Ah San Isidro labrador…

- ¡Quita el agua y pon el Sol!

Ambos rieron.

-Me llamo Armando, aunque eso lo sabe usted por mi libreta de desabastecimiento -dijo. -Isidro, ¿sabía que en realidad existió el santo, San Isidro?

-No, pero si usted lo dice, que es una persona culta.

-Mira Isidro, solo quiero pedirte un favor -dijo Armando cambiando el tono y la intención.

-Usted dirá.

-No me mandes de la bodega ni una onza de nada.

Armando lo conminó a pasar. No estarían conversando en la puerta toda la tarde. El butacón de los invitados entonces no tenía las mataduras de la soledad. Armando le dijo que se sentara después de comprobar que su madre permanecía en el cuatro. Cerró la puerta de la habitación, y regresó a la sala. No quería que la madre se enterara de cuán difícil estaban haciéndole la vida. Armando le dijo al bodeguero que posiblemente a esta hora la Inseguridad del Estado tenía un perfil completo de su persona solo por haber entrado a su casa. Lo acusaban de las cosas más increíbles, dijo. Todo había comenzado por un brete de intelectuales, cosa de poca monta, y ahora lo acusaban de corruptor de menores, de tener relaciones con el Norte, y publicaciones clandestinas. A algunos amigos les había ido peor: un dramaturgo fue ubicado en un plan arrocero a quinientos kilómetros de su casa; otro, en la fábrica de acero, para que se olvidase frente a la fragua tanto cuento bien escrito. Él por lo menos permanecía en su casa, pero sospechaba que no por mucho tiempo. Un desliz, un error como aquel, aceptar un grano de arroz, maldita iluminación en el jardín, no de Benarés y su madre moriría sola porque hasta los hijos y la esposa lo habían abandonado años atrás, cuando fue a trabajar en las UNAP.

-Es un hombre bueno, compañeros.

-Es un involucionario, un hijoeputa, Isidro, no te confundas -dijo el oficial que lo atendía.

-Tienes que darnos algo, bodeguero. A este tipejo hay que encerrarlo ya –dijo el otro.

Isidro no sabía si ahora hablaba con el policía bueno o el malo; los confundía, tal vez, porque su objetivo final era hacerle daño al pobre maricón que vivía con su madre y hacia versos de amor, según los clientes en la bodega.

-Lo único que tengo de él es ese disco –dijo Isidro señalando la placa encima del mostrador- Y me lo dejó porque tiene el tocadiscos roto.

- ¿Y no te bridaste para arreglárselo?

-Claro, ahí lo tengo, en la trastienda.

-Tú ves, compañero. Ya nos vamos entendiendo. A ver, tráelo. Nosotros le vamos a arreglar el tocadiscos a Armando Guerra.

Fue así como, por primera vez, Armando Guerra tuvo un sistema de escucha en su casa, y no de música, precisamente.

XIV.

Desde la tribuna alzada a dos metros sobre el nivel del público, la masa humana parece un mar de cuerpos sin cabeza, o muchas cabezas unidas a un cuerpo. Hidra que se mueve sin tiempo y sin rumbo; detenida, cercada la masa, a disposición de cualquiera situado detrás del micrófono, a merced de lo que quisiera decir, gritar, bufar. Y Armandito está allí, delante de la muchedumbre encerrada, a la cual deberá el poeta del momento dirigir la palabra en nombre de la juventud sediciosa, involucionaria: la sangre de repuesto reclamará el Aguaele para la Patria.

-Voy a hablar en la primera Tribuna Cerrada, acompáñame.

-Tú sabes que no me gustan los molotes –dijo Ángeles.

-No es un molote. Es un acto de reafirmación involucionaria.

-No sé qué tengo yo para fijarte en mí, Mandy – Ángeles lo llamo así por primera vez.- Algún día te darás cuenta de que no estoy a tu nivel.

-Tú estás a mi gusto, y con eso basta.

Pero Ángeles se negó hasta el último minuto. Creía entonces que el muchacho estaba irremediablemente equivocado. No se podía ser bueno y estar al lado de la Involución.  Era demasiado el daño hecho a la gente, a los vecinos, a los amigos de toda la vida, a la familia. Había algo en los involucionarios que Ángeles notó en su padre desde muy joven: cierta amargura trascendental, labios secos, agrietados, comisura hacia abajo en forma de U invertida, y sobre todo, dientes amarillos. Todos los involucionarios tenían ese tinte pajizo en las piezas dentales, como un sarro histórico, refractario a todo blanqueamiento. Ángeles se dio cuenta por primera vez en Isidro, su padre, y creyó que era por la fuma. Pero después pudo identificarlo en los jefes del Comité de Defensa de la Involución y en cada cliente que defendía a Filadelfo.

A la bodega comenzaron a venir un par de individuos muy raros, y después, su padre a oír ese tocadiscos que no dejaba de sonar todo el día y una música antigua, machacona. Ella, en la trastienda, haciendo la tarea. Podía verlos a través de un huequito en la cortina carmesí que separaba el despacho del almacén. Cuando los hombres raros hablaban, muy bajito, casi en susurros, dejaban ver sus dientes amarillos, un sarro incriminatorio.

-Por suerte todavía no tienes los dientes amarillos.

Armandito se llevó los dedos a la boca y los deslizó sobre los incisivos.

- ¿Los dientes? ¿Qué tienen que ver los dientes con la Tribuna Cerrada, Angy? –fue también la primera vez que la llamaba así. Declaraba su amor con metonimia odontológica.

-Nada, boberías mías, Mandy. Vete. Vete a tu Tribuna Cerrada. A lo mejor te veo por televisión.

Y, sin duda, si Ángeles encendía el televisor, lo vería allí, en la Tribuna, junto a grandes personajes de la cultura insular como Leo Caradura, Bobby Rectamar, y el ahora presidente de la Desunión de Escritores Margarito Barniz. También un general, a quien llamaron compañero Zambuca, y Hatuey Corona, el de mayor rango en aquel conjunto de dirigentes del gobierno, funcionarios y escritores.

Alguien vino hasta él. Era el presentador del Noticiero de Televisión. En cadena nacional era de obligatorio seguimiento para todo involucionario. Allí se decían las verdades, se daban las orientaciones precisas.

-Compañero Fernández, debe entregarme las notas que va a leer antes de empezar el acto –dijo el presentador, un bigotudo que se teñía sus canas con papel de calco. - Las tiene que revisar el compañero Pérez-Chapucero.

-Bueno, a mí me dijeron que solo leyera el poema ganador del concurso…

-Sí, claro, así va a ser. Usted va detrás de aquella niñita, la pionera negrita. Pero es una orden de la Inseguridad del Estado: hay que revisar todo lo que será leído.

Armandito entregó la copia del poema y vio como el bigotudo se dirigió a la parte de atrás de la tribuna. Había allí un hombre más bien pequeño, calvo, en guayabera blanca, y con unos espejuelos oscuros, que se quitó en el momento que el presentador del Noticiero, con un manojo de hojas en su mano, entregó mientras hablaba con el general Zambuca. Es el famoso Pérez-Chapucero, el jefe del Departamento de Desorientación Involucionaria (DEDIN). Era un funcionario de confianza de Filadelfo. Su padre lo odiaba a muerte, pues como eterno jefe del Departamento, y miembro de Buró Clorítico, Pérez-Chapucero era el buitre que limpiaba los restos de los elementos antifiladélficos en la cultura, el deporte y la educación. Ni siquiera Hatuey Corona o Fiel-Enroque eran oídos por el Comandante como aquel diminuto personaje, cuya apariencia poco más o menos inadvertida escondía un poder desmedido. A Pérez-Chapucero debía toda su desgracia, solía decir sin mesura Armando Guerra. Y Armandito no lo olvidaba. Pero tampoco podía creer que la *desgracia* de su padre se debía a la acción, exclusiva, de un solo hombre. La Involución no era así. Nadie tenía tanto poder como para sepultar un ciudadano en vida. La Involución se equivocaba. Era justa, aunque no fuera correcta. Algo debió hacer su padre. No era un santo sino un pecador contumaz, un opositor impertinente. Eso no bastaba desterrarlo de la literatura insultar como un traidor imperdonable.

El hombre revisó el puñado de papeles, se los devolvió al bigotudo, quien vino hacia el joven poeta.

-Dice el compañero Pérez-Chapucero que te límites a leer el poema. Solo eso. Recuérdate, vas detrás de la negrita esa.

Armandito esbozó una sonrisa: *la negrita esa*. El presentador era lo que llamaban mulato, mezcla de negro con blanca.

-Si –dijo con sorna. –Detrás de la negrita.

De pronto, debajo, en la plazoleta, un murmullo fue creciendo hasta hacerse bullicio. Entraron hombres en uniforme verde oliva, y detrás, escondido entre dos o tres escoltas enormes, apareció el Comandante Filadelfo. Armandito quedo paralizado. Era la primera vez que lo veía en persona, a distancia, suficiente para notarle su cara arrugada, envejecida por las preocupaciones y el insomnio, como escribiera en el verso: *En las alturas la ciudad es tu cuerpo…*

Entonces todo pasó demasiado rápido. La pionerita recita un par de versos y lee un manifiesto involucionario, escrito por adultos. Y cuando le toca a él, se para frente al micrófono y no le sale la voz.

-Cuando hables en público mira a una sola persona, y debes pensar que le estás hablando a esa persona. Olvídate de los demás.

-Eso no es fácil, Papá. A veces siento que me están evaluando. Que no va a gustar lo que digo.

-No, hijo –dijo Armando Guerra a su hijo pequeño, la primera vez que tuvo que leer en el matutino de la escuela. –Si estas en una tribuna, nadie sabe más que tú de eso.

Armandito clavó su vista en Filadelfo y comenzó a leer el poema con auténtico fervor.

*...se despereza al alba, dice allí/ por siempre, estará.*

Filadelfo fue el primero en levantarse de la silla, lanzado como por un resorte, y aplaudió varios minutos. Armandito regresó a la parte de atrás. Todavía podían oírse los aplausos abajo. Se acercó el hombre de la guayabera, quien extendió la mano para estrechar la suya:

-Te la comiste, muchacho. No te vayas. El Comandante va a querer conocerte en persona.


Ángeles lo esperaría en la bodega. Le diría al padre que la dejara cerrar al mediodía, como era costumbre los domingos. Todo el tiempo Isidro tuvo puesta la

Tribuna Cerrada en el pequeño radio que tenía en la bodega. No se perdió un detalle, ni quería que la hija tampoco. "Este es un momento histórico de nuestra Involución", decía al oír las voces descompuestas de los niños, jóvenes, intelectuales y trabajadores reafirmando su lealtad a Filadelfo, al Partido, a la Involución Sociolista, al Aguaele-símbolo, el cual debía regresar a la Patria sin demora ni justificaciones. Y entre todas aquellas altisonantes palabras en la Tribuna Cerrada, las de Armandito las más honestas tal vez por las ser más breves; un poema épico, laudatorio, pero leído sin prisa, sin buscar nada, dicho así, al aire. Isidro había subido el volumen del radio cuando el joven empezó a declamar la poesía. Y después, entre aplausos y vivas, dio gracias a Filadelfo por la obra magnifica que era la Involución.

-Ese muchacho amigo tuyo es un fenómeno. Llegará muy lejos.

- ¿Te vas a casa?

-Sí, cierra tú. Ya es hora.

-Voy a quedarme un ratico más. Unos clientes vienen a recoger los mandados del mes -mintió ella.

-Bueno, pero no cierres muy tarde -dijo isidro. - Después la gente se acostumbra y es del carajo…

Armandito demoraba más allá de la hora, y cuando Ángeles estaba a punto de bajar la puerta de hierro, apareció él, traído por un carro del gobierno.

-Te demoraste.

-Estaba con el Comandante -dijo el riendo del otro lado del mostrador.

-Y tú, esperas que te crea -dijo ella devolviendo la sonrisa.

- ¿No me oíste?

-Claro. Te oí y te vi aquí -y ella señaló su corazón.

De un brinco, Armandito cayó del otro lado del mostrador, justamente al lado de ella.

-Oye, vas muy rápido.

-No puedo más, Angy. Cierra esta cosa y vamos pa'tras.

Nada importa a los jóvenes. El olor a vinagre y a queroseno que inunda la trastienda, y se esparce con sus efluvios más allá de toda lógica amatoria. Por cama unos sacos de granos. Por percheros, el piso grasiento y resbaladizo por insignificancias de arroz vertidos en el movimiento ondulatorio sobre los sacos rotos.

Isidro estaba en la cocina cuando ella entró en la casa seguida de Armandito. Sería más de la una. Ella llevaba el vestido arrugado y el pelo revuelto. Armadito la camisa nueva, de estreno para la Tribuna Cerrada, empercudida de polvo de arroz.

- ¡Entra poeta! -dijo Isidro como quien recibe a un héroe. - Ven y almuerza con nosotros que te lo mereces.

XV.

La llamada Ermita del Aguaele se había convertido en un relajo mayor. Por toda Miyama volaba el cuento de que el coco seco nada tenía de sagrado. Pero entre los exiliados había tomado símbolo de la resistencia al régimen de la Isla. Eso era muy difícil de silenciar. Bastaba detenerse algunos minutos frente a la cerca de alambre que rodeaba la casa y el patio, ahora convertido en ir y venir de turistas y curiosos como si fuera una galería de arte, un museo de antropología, para saber que nada conservaba el rigor y la discreción de los primeros días. En la medida que el Padre Pepe se fue transformando en un verdadero empresario –con querida y todo- y Flor de Liz ya ni siquiera mencionaba el Palacio del Colesterol en sus entrevistas, la casa familiar había perdido todo su anonimato barrial; era un hervidero de gente difícil de identificar: cada cual tiene su agenda personal, sus intenciones, cantándole a la luna.

Para colmo, la última bronca entre el Pelirrojo y el Cosmonauta y la pareja por la posesión del Aguaele, se había zanjado en Cielito Precioso, la corte condal, a favor de los exiliados insulares. Los del kayak, a pesar de ser norteños, no tenían derechos ni izquierdos: se les dio una orden de restricción: a cien yardas de donde estuviera el Aguaele. "La suerte es que no se mueve", dijo Cosmonauta, "porque si no tuviéramos que irnos de Miyama".

Un día decidieron acercarse a la Ermita, y a punto de ser apresados, pidieron perdón a Padre Pepe, y se le arrodillaron a Flor. Querían ver el Aguaele suertudo, pues nada bien les iba después de aquellas reclamaciones sin sentido. A cambio entregarían todo su arte y oficio al coco y sus legítimos dueños. Pelirrojo, un pintor hábil y que en el aire las dibujaba, propuso a Padre Pepe hacer un retablo con la evolución histórica del Aguaele; en la parte de abajo, el extraviado coco encallaría en las costas que le pertenecían por historia y razón. Padre Pepe aceptó por presión de Flor: el mural inmortalizaría la hazaña familiar del rescate nobiliario. La única condición de la pareja fue revisar los bocetos; tendrían el derecho de objetar alguna pifia. Ellos, los verdaderos dueños y herederos del coco en disputa debían aparecer bien grandes al final de este cuento gráfico, segura premisa de vivir en un país donde todo tiene un final feliz. Cosmonauta fue un poco menos pretensioso. De igual manera brindaba su arte: bordar el dosel sobre el cual el Aguaele descansaría en la urna protegida. Padre Pepe dijo que eso era un poco más difícil; los federales eran los encargados de la seguridad del coco, de que esa urna a prueba de balas y de gritos histéricos no estallara en pedazos. Todo lo que se colocara por fuera o dentro de ella debía ser cuidadosamente examinado. Padre Pepe daría el visto bueno pues el Aguaele merecía un nuevo tapiz, dijo, y no el lúgubre mantel de comer que habían colocado los hermetizadores de la policía federal.

Las advertencias de Maigret y Watson no habían sido sustos de niños. Era cierto que tenían la orden de entrar por la fuerza, llevarse el coco y no decir a dónde. Pero ese operativo llevaba una planificación con otras agencias, incluido coordinar con el equipo SOAP, el jabonoso coctel de armas y hombres cuyo entrenamiento ninja y cerebros de esquimales les permitían entrar sin ser vistos y esconderse en la nieve, aunque Miyama jamás había caído un solo copo.

Cuando Padre Pepe pidió permiso para pintar el mural y cocer el dosel, no supo que se había puesto el Aguaele al cuello.

-Usted se ha creído eso del coco sagrado, y ahora quiere hasta pintarle un mural en la pared–dijo Watson.

-Bueno, señor, la pared es mía. Es mi casa –dijo Padre Pepe.

-Si –intervino Maigret con su mal genio de siempre. - La pared será suya, como le dijo Rockefeller a Diego Rivera cuando quiso pintarle a Lenin en el lobby de su edificio, pero resulta que aquí ni la pared es suya porque usted todavía debe pagos al banco…

-Por lo tanto, Pepe, la casa no es suya sino del banco. –acotó Watson.

-Pero a ver, dígame, ¿qué tiene de malo tienen pintar un muralito ahí, chiquito, adentro, para que la gente que venga lo vea? No va a ser un mural público, de esos que abundan en las calles de los afros en Vidadelfia y otras ciudades del Norte…

-Padre o como usted se quiera llamar –dijo Watson con su envidiable sobriedad la cual delataba ancestros galeses. – Usted sabe que ese mural no será nada inocente, y que de alguna manera usted y su esposa, a quienes levantan cargos por corrupción de historia, van a estar en la pintura.

-Nadie ha dicho eso. No sé por dónde se habrán enterado.

-Tenemos muchos amigos, Pepito –dijo Maigret.

-¡Pepe, y José para usted, señor!

-Okei, como usted lo desee señor José. Ni mantel ni pinturita ni nada –esta vez fue Watson, inusualmente agresivo. –Aquí no puede haber nada que no esté autorizado por el gobierno federal, ¿entiende? Hay mucha candela allá, en su Isla, para también declarar esto –"esto" fue dicho con hastío- patrimonio cultural o religioso de nuestro país.

Los federales se fueron convencidos de que Padre Pepe y Flor de Liz no solo no habían entendido, sino que retadores como eran, comenzarían las obras lo antes posible. Flor, mujer al fin, y conocedora de los defectos humanos por haber sudado copiosamente sobre los alimentos en cocción, tuvo una sospecha errada.

-Aquí solo cabe pensar que fue Caracaballo. ¿Te sigues acostando con ella?

-No, ya te dije que no. Pero tampoco la puedo botar. Tú lo sabes.

-Entonces tienen que ser el par de maricones esos.

-No tiene sentido, Flor. Ellos se brindaron y hasta van a cobrar por el trabajo.

-¿Y a ellos qué les importa, chico? –dijo Flor indignada, sentándose en la cama. -¿No te das cuenta de que desde el primer día quisieron quedarse con el Aguaele?  Maricones al fin dirán si nosotros no lo tenemos por las buenas, pues que se los quiten a estos por las malas.

-No quiero pensar mal de esos muchachos, Flor. Vamos a dormir. No pienses más en eso.


Sin permiso, a los pocos días, puso Pelirrojo manos a la obra. Los turistas lo observaban bocetar con el carboncillo la pared lateral del garaje convertido en ermita; los trazos parecían informes ruedas, trapecios sin sustento, y embonaban con figuras humanas, banderas, animales, y armas para dar una idea casi mística, una Sixtina apócrifa en el plano superior, coronada por el Aguaele. Pelirrojo no paraba de trabajar. Subido en el andamio, los turistas debajo preguntaban, y él decía, en su idioma natal, lo que se le ocurría mientras el boceto tomaba forma.

Cosmonauta laboraba en casa. Era distinto. El bordado necesitaba tiempo y tranquilidad, algo imposible en la Ermita, incluso dentro de la casa de Padre Pepe y Flor de Liz; habían vuelto las discusiones y los celos, y el supuesto corcel de la discordia, Nora, aún estaba allí. Cosmonauta sabía fiel a Pelirrojo, pero no se descuidaba. Caracaballo padecía de una terrible, incurable enfermedad llamada ninfomanía, en lenguaje profano, ciguatera terrestre, esa que ataca a cualquier cosa que se mueva y brille sobre la tierra.

Justamente el día en que Pelirrojo daba los últimos trazos del carboncillo sobre la pared rugosa, un escándalo fuera de la casa hizo que Pelirrojo, de visita suspicaz y sin casualidades, saliera a la calle. Nora, Flor y más tarde Pepe se asomaron también. Pelirrojo se tiró del andamio. Una muchedumbre de fanáticos del Aguaele, turistas y periodistas, impedían el paso a policías y federales que, sin sacar sus armas espumosas, pedían permiso para pasar. El gentío gritaba "el coco no se toca" y "Aguaele bongó". Los policías trataban de convencer, explicarles a los exiliados, mayoría, que esto era orden federal de desalojo; tarde o temprano tendrían que cumplirla. Pero en la medida que llegaban más agentes del orden, e insistían por las buenas, los anónimos protectores del Aguaele y su recinto consagrado cortaban el paso a la autoridad, insultaban, gritaban a coro moviendo los pies con pasitos de rumba:

- ¡Aguaele bongó!   ¡Aguaele bongó! ¡Aguaele bongó!

Aquello se iba convirtiendo en una refriega popular. La televisión condal estaba pasando las imágenes en vivo –en primicia Agua Dulce TV, la primera en hablar del Aguaele. Y los exiliados insulares aparecían por ambas esquinas, gritando a viva voz sin dejar de dar pasillos al estilo Comparsa de la Jardinera:

-¡Aguaele bongó!   ¡Aguaele bongó! ¡Aguaele bongó!

De pronto policías y federales comenzaron a guardar sus instrumentos de limpieza, jabones incluidos, y el equipo SOAP, que se había mantenido oculto, camuflado detrás de unas espinosas buganvilias, se escabulló sin pincharse ni un dedo. La gente seguía enardecida.

Maigret y Watson trataron de acercase, mostrando sus chapas y sus armas –nada viscosas-, para asustar a la multitud. Lograron, en cambio, que los sacudieran por los trajes y los sujetaran por las corbatas Armani. El Padre Pepe y Flor tuvieron que ir en su auxilio. Ya en la cerca, pidieron a los embravecidos fanáticos del Aguaele que los soltaran, que son policías, coño, y con eso no se juega, suéltenlos y déjenlos hablar, caballero.

-Nos equivocamos. Este no era el momento –gritó Watson, sudoroso, trincado por la masa frenética.

- ¡Pero Pepito, ya viste quienes somos y a qué venimos! –también rugió Maigret, un poco más próximo a la cerca y casi ahogado por la Armani apretada como si estuviera en la Batalla de Hernani.

- ¡Aquí lo estarán esperando toda esta gente, amigos¡-se burló Padre Pepe.

-Sí, seguro, seguro que sí –devolvió la ironía Watson, quitándose de encima a varios, arreglándose el saco y zafándose la corbata del cuello. –La has cagado, para que lo sepas…

Pelirrojo y Cosmonauta se miraron sin intercambiar palabras. En el inimitable mover de cejas y labios Nora supo, como cualquier mujer adicta al sexo oral, que los cundangos –como los llamaban con desprecio en Miyama- serían sus aliados en el rescate del Aguaele para la cultura del Norte.

XVI.

Armandito le pidió al chofer que detuviera el auto un poco después de la casa de su padre. No quería que los vecinos vieran el auto nuevo, con placas oficiales, manejado por un moreno que tenía más de escolta que de chofer de piquera. Desde hacía semanas no visitaba porque sospechaba con suficientes motivos que Armando Guerra, el eterno opositor, contrainvolucionario sin tacha, no aprobaba su presencia casi diaria en la televisión, en las mesas cuadradas, en las tribunas cerradas, donde había pasado de ser un declamador de un poema Filadelfista, a ser la cara visible, joven, incorruptible, de la Batalla de las Malas Ideas. Ahora era, además, subdirector del Órgano Oficial, y Chacal había quedado solo para corretear por los pasadizos subterráneos para entregarle a los ayudantes de Filadelfo -ya nunca lo veía en persona- las proposiciones del nuevo jefe noticias y subdirector del Órgano.

El hijo mayor del poeta todavía guardaba la esperanza de que su padre se convirtiera, o mejor, se reconvirtiera a la Involución Insular, como le dijo la madre. Armando Fernández, quien no era Guerra ni estaba en guerra con nadie todavía, era un chico alocado capitalino, andaba conspirando contra el General y escribiendo poemas en su libreta de notas del Bachillerato. Era un tipo bravo, valiente, un involucionario de verdad. ¿Entonces qué pasó, mami? Ella no sabía. O no quería saber. Que le preguntara a su padre, cuando pudiera. Era él quien había arruinado su vida y la de todos. Armandito siempre terminaba creyendo que tenía una sola misión: rescatarlo para la Causa Filadélfica.

- ¿Y a ti que te pasa? ¿Y esa cara, Pipo? -dijo al entrar y darle un abrazo.

-La cara de siempre, Armandito. Es que hace semanas no nos vemos, ¿no?

Armandito se fue a sentar en el desvencijado sillón donde Caín parecía dormido.

- ¡Cuidado con el gato, que es lo único que me queda!

- ¡Pipo, estas de pinga, compadre! ¿Qué te pasa viejo?

Armando Guerra nunca quiso ser sarcástico.

-No todo el mundo tiene un hijo famoso.

Ah, le molestaba tener un hijo involucionario, comprometido con la Causa, dispuesto a entregarse a lo que el Partido y Filadelfo creyeran era lo mejor para la gente. Armandito continuó la diatriba desde el sillón, apartando a Caín a ratos, que insistía en treparse de nuevo a lo que consideraba su sitio, su espacio felino intransferible. Él era ahora un hombre exitoso, dijo, y le dolía decir a su padre que sentía en esa actitud fría, de rechazo velado; había algo de envidia, de desagrado por ser reconocido.

-El éxito no es la fama -dijo el padre sin alterarse, sentado frente a él, con Caín al fin sobre sus piernas. -Tu eres famoso ahora, no exitoso. El éxito es fácil de obtener, pero difícil de merecer.

-No puedo creer que mi propio padre se avergüence de mí.

Armando no quería seguir por ese camino. Desde que lo vio entrar por la puerta, sabía que esta conversación agria, escaladora, los llevaría al disgusto y una nueva separación.

-Mejor hablamos de literatura. ¿Qué estas escribiendo?

Armandito demoró unos segundos en contestar: buscaba la respuesta.

-No tengo tiempo -dijo.

-Me imagino -dijo el padre.

Armandito miró el reloj de pulsera. Habían programado un consejo de redacción ampliado a las ocho de la noche. Obligatorio cumplimiento. Vendría alguien muy importante del Partido. Y no era Pérez Chapucero, pues fue él quien la convocó.

-Tengo una reunión, Me voy.

Armando Guerra puso a Caín suavemente en el piso y fue donde su hijo. Lo abrazó con fuerza.

-Te quiero mucho, mijo. No dejes que nadie ni nada nos vuelva a separar.

Armandito no entendió el mensaje. O no quería. Bastaba la contrición del abrazo para comprender: ambos necesitaban pasar juntos más tiempo.

-No te prometo nada, pero voy a tratar de pasar por aquí el fin de semana. -dijo.

-Para aquí -le dijo Armandito a su chofer cuando pasaron frente a la bodega.

Ángeles estaba detrás del mostrador. Isidro se asomó a la puerta y comentó algo sobre el carro nuevo del subdirector del Órgano Oficial. Armandito pidió permiso para hablar unos minutos con la hija.

-Mientras la devuelvas entera es toda tuya -dijo el bodeguero.

Se fueron caminando al Parque Piñera. La canal estaba ladeada, rota. Apenas quedaban dos o tres columpios, sobre los cuales un par de niños trataban de tocar el Cielo en cada vuelta mientras las madres, entretenidas en chismes del barrio, no se daban cuenta de la pareja recién llegada. Armandito se sentía mal. Le parecía haber sido injusto con su padre. Pero ¿qué le dijiste? Nada, no le había dicho casi nada, y eso era lo peor. Todo había quedado entre líneas, en una conversación fosca, en recriminaciones mutuas, ocultas intenciones.

-Que te sientas mal por eso es bueno, Mandy. Eso es que quieres a tu papa todavía. El arrepentimiento no es una buena cualidad de los involucionarios.

- ¿También tú, Angy?

- ¿También yo que?

-Nada. Mira, regresa a la bodega. Tu padre te debe estar esperando.

La vio alejarse por la calle Piñera. Ella no volteó la cabeza. Nadie lo entendía. Algunos de sus seres más queridos se iban alejando en la medida que la Involución ocupaba espacio en su vida. ¿Habría un lugar y un tiempo para unos y otros? O era una contradicción insalvable, dos amores irreconciliables: ¿la Involución o el Individuo? ¿Los seres de carne y hueso o los fantasmas?

- ¡Al Órgano Oficial! -dijo al chofer de regreso al automóvil, sin mirar a la bodega.


La reunión del Consejo de Redacción ampliado comenzó exactamente a la hora citada. Armandito no se sorprendió al ver a Capanegra y Pérez-

Chapucero, pero si con Machacando Aventuras, el temible organizador del Partido. Su sola presencia auguraba cambios drásticos, profundos. Asustaba hasta en el físico; calvo reluctante, tapaba el cráneo despoblado con hilachas a manera de escobillón. Un bigotillo estilo Dalí era incapaz de esconder, por torcidos y prognatos, un par de caninos que brindaban una cara de fratricida: los hermanos del Partido eran sus primeras y más apetecidas víctimas, como fue un candidato a sustituir al mismísimo Filadelfo, y que respondía al inolvidable nombre de Carlos Albaba. El Comandante lo había conocido en una feria, recitando poemas cursis de su propia inspiración, y tragando metales sin tomar agua. "Te deberían llamar Tragalbadas", dijo Filadelfo cierto día en confianza. "Yo me trago cualquier cosa, Comandante", respondió seguro de ser el tercer hombre en la línea de sucesión en el Partido. Pero Aventuras no se lo tragaba. En la primera oportunidad que tuvo, envenenó la llave que abría la oficina contigua a Filadelfo. Los compañeros de la Inseguridad acusaron a Aldaba de atentado a la vida del Comandante porque era el único que cargaba el llavero del Jefe.

-Ese Machacando es un hijoeputa. Pero lo necesitamos —dijo Filadelfo cuando revisó el video.

Carlos Albada fue a parar a una fábrica de patines, sin derecho a consumir metal alguno. De esa manera, el Organizador Aventuras se anotaba otro pez gordo muerto por la boca: su apariencia de hombre envejecido prematuramente, débil, sentado como al descuido, simulaba esas plantas carnívoras, los peces mimetizados en los corales: todo lo que tenía que hacer era esperar; la víctima pasaría enfrente, despacio, sin notarlo apenas. Y allí estaba, en un rincón de la enorme mesa de reuniones, esperando que todos se callaran, aflojaran sus nervios, aunque sabían que para *Algo* estaba allí. Como Armandito desconocía cuan terrorífica podía ser sola presencia, estaba tranquilo, se dirían que feliz oyendo los chismes de Toro Sentado y de Pepe Capanegra, que no se soportaban uno al otro, pero dadas las circunstancias de tener a semejante "cuadro del Partido" delante, se tiraban sonrisas hipócritas y anécdotas lejanas, como en los primeros días del Triunfo de la Involución, cuando todos eran libres de sospechas de traición o maridaje enemigo.

Chacal tuvo unas discretas palabras al inicio. No se iba exceder. Podían ser sus últimas palabras, y no serían siete, porque la presencia de Machacando era una señal de segura decapitación. Pérez-Chapucero, en su calidad de ideólogo del Partido, dijo que estaba allí el compañero Machacando Aventuras en nombre del Comandante Filadelfo. Tal era la importancia que el *jefe* le daba al Órgano Oficial, y a su misión - no sumisión, aclaró- de ser la voz del Partido y del pueblo trabajador. El Órgano Oficial era, como el Partido, único, uno solo, unigénito del Comandante, nunca mejor adjetivo, los genitales del Comandante, visibles a través de unos papeles escritos, para la Historia porque, dijo levantado la voz, saliendo de su oscura zona de confort, todo nuestro potencial debe ahora volcarse al regreso del Aguaele, esa y no otra es la misión, y todo lo que ayude a esa misión debe ser aumentado, como mismo lo que impide su regreso, su estancia por más tiempo en ese madriguera de desleales, antipatriotas que es Miyama.

-Gracias, Pérez -dijo secamente el Organizador. -Pero vayamos al asunto. Compañeros, el Comandante quiere crear lo que ha llamado Grupo de Ajuste. Su tarea, el rescate del Aguaele. Para eso necesita que este colectivo apruebe la salida del compañero Armando Fernández, cuyo papel en estas semanas ha sido, como ustedes saben, excelente. Pero primero quiero oír la opinión de ustedes.

Toro Sentado rompió el silencio. Armandito para él, viejo periodista de páginas culturales, reunía dos cualidades que raramente se daban juntas: un intelectual y un político al mismo tiempo. Y lo había adoptado como un hijo. Zapatico y Mancebo tuvieron que ocultar sus risas. Toro Sentado no se limitaba para hablar del muchacho en los pasillos, en las oficinas. Decía que tarde o temprano iban a pagar el precio de poner a un improvisado como director de noticias.

Cuando Capanegra habló, fue Pérez-Chapucero quien con una tos molesta trató de esconder su sonrisa: sabía muy bien que la misión dada al antiguo director del Órgano, y ahora corrector de estilo -en realidad, los ojos y los oídos de la Inseguridad del Estado en el periódico- era la de hacerle la vida difícil al hijo de Armando Guerra.

Pepe, el Chino, como lo conocían sus amigos, no escatimó en elogios. Fue más allá: creía imprescindible a Armandito en el círculo más cercano al Comandante.

Machacando Aventuras los dejó hablar a ambos. Se levantó poco a poco, moviéndose los flecos que caían sobre el cráneo despoblado. Ese era su estilo. Planta carnívora. Pez león.

- ¡Qué clase de hijoeputas son ustedes dos! -dijo suave, como si fuera un halago.

Toro se quedó sentado. Solo esbozó una sonrisa nerviosa. El chino Capanegra, no. Se levantó. Pérez-Chapucero dijo:

-Pepe, te quedas ahí. Ni te muevas. Y oye todo lo que el compañero Aventuras tiene que decir.

-No es mucho- dijo el Organizador del Partido. -A partir de este momento ustedes dos no son personas. Van al plan calzoncillos, como llama la gente a los tronados. Y no se les ocurra tratar de irse para el Norte o dar declaraciones a la prensa extranjera. Y tú chino, ni te imagines que vas a llamar a Zambuca. El expediente que tiene de ti es una novela. Vamos a limpiar este sitio, compañeros. Y usted, compañero director, sabemos que ha sido flojo, en ocasiones ha tenido privilegios con algunas personas, ¿verdad, compañero director?

-Compañero Machacando, no sé a qué usted se refiere.

-Sí, Chacal, el compañero organizador tiene razón- dijo Zapatico.

Ella conocía muy bien la habitación secreta en la oficina del director. Con la excusa de la privacidad, Chacal sometía a pruebas no precisamente profesionales a todas las muchachas que enviaba la Facultad de Periodismo a pasantía.

-Me alegro que usted ayude los compañeros a entender que estamos en una situación crítica, y no podemos permitirnos errores -dijo Aventuras mirado a Zapatico. –Compañeros, el Partido ha decidido que sea ella, como secretaria general del Periódico, quien asuma la tarea de su dirección. Y usted Mancebo, será enviado a trabajar a la ciudad de Guaputa, como director del importante Radio Guaputa. Allí, compañero, no tendrás que cuidarte de nadie, solo de los maridos celosos…

Pérez-Chapucero hizo un gesto, y Machacando dio a entender que había concluido. Pidió que se retiraran todos, y que Armandito se quedara unos minutos.

- ¿Así que tú eres el famoso Armando Fernández? - preguntó el Organizador cuando quedaron en el salón de reuniones lo tres.

-Bueno, no tanto compañero organizador, no tanto.

-El comandante Filadelfo te estima mucho, y en ti y otros jóvenes ha depositado su confianza.

-Bueno, eso… de verdad, me llena de orgullo, yo…

-No te preocupes, muchacho. Mira, mañana en la noche vamos a tener una recepción en Palacio. Puedes ir acompañado. Solo tienes que informarles a los compañeros de la Inseguridad si vas a ir con otra persona.

-No dejaré de ir.

-No debes -dijo ahora Pérez-Chapucero. - El Comandante va a presentar el Grupo de Ajuste, a quienes llama los *ajustadores*.

-¿Ajustadores?

-El enemigo les dicen talibrones –dijo Machacando Aventuras con disgusto no disimulado. - Son jóvenes como tú, fieles a Filadelfo y a la Involución hasta la muerte.

-Sí, compañero comandante, yo jamás le fallaré al comandante Filadelfo -dijo el joven poeta emocionado.

XVII.

**06:15 pm**

Todo empezó al caer la tarde en Miyama. Un grupo de negritos norteños, cerca de la Parroquia Aguaélica, comenzaron a pasarse un balón de fútbol americano como si estuvieran en un campo deportivo. Al inicio estaban lejos, casi en la esquina de la calle, y poco a poco se fueron aproximando a la cerca. Vestían ropa deportiva decente, cara, cosa que hubiera llamado la atención de cualquiera si no fuera porque a esa hora disminuía la cantidad de turistas y de reporteros. Algunos se iban a comer al Restaurante Verbales, un lugar de reunión espontánea para los exiliados, y el sitio desde donde se pronunciaban los lideres contrainvolucionarios. Otros, los de la televisión, preferían el Restaurante La Jarreta, especializado en hacer chilindrón de chivo. Los custodios voluntarios del Aguaele, tras semanas del último intento de los federales por sacarlo a la fuerza, empezaban a tener un sentimiento de esperanza: el gobierno del Norte renunciaría al rescate, como le llamaban al robo. No podrían contra una toda una ciudad para la cual el coco seco y peleón era parte de su historia.

Flor llegó de la calle manejando un enorme, moderno camión a prueba de paparazis. Los futbolistas detuvieron los pases del balón. Parecían admirar el auto.

-Hay unos chiquitos jugando allá afuera -le dijo al Padre Pepe.

-Déjalos, déjalos que sean felices -dijo él.

Se hablaban poco. Así que ella no insistió mucho.

-Solo que no quiero que molesten a los visitantes.

-No te preocupes. Hoy vamos a cerrar temprano.

**06:25 pm**

Caracaballo llamó por teléfono. Quería hablar con Flor. Padre Pepe respondió la llamada:

-No es buena idea. Ella sigue pensando que tú y yo estamos todavía -susurró.

-No lo hago por ti sino por mí.

-Cuando vengas lo arreglamos. Vas a venir a cobrar, ¿no?

-Pepe, ¿quién es?

-Un equivocado, Flor.

-No jodas. ¡Dame acá!

- ¿Flor?

-¡Ah, coño, eras tú!

-No me cuelgues. Óyeme, Flor.

-A ver, dime… y rápido.

-Flor, mira, te pido perdón por todo…

-A qué viene eso ahora, chica. Hace un mes que no vienes a trabajar…

-No, me fui porque no quiero más problemas entre Pepe y tú.

-Qué casualidad. Qué casualidad que te fuiste después que los federales querían llevarse el Aguaele por la fuerza.

-Algún día te explicaré las razones, Flor.

-No me expliques nada, chica. Todo el mundo sabe que trabajas para ellos. Así que es mejor que ni te aparezcas.

-Flor…

- ¿Ya terminaste?

-Flor, déjame hablar con ella. Tal vez tiene pena, vergüenza.

-¿Estás oyendo lo que dice mi marido? Que tú tienes vergüenza. Pena. No me jodan. ¡Vete pa'la pinga Caracaballo, me oíste, pa'la pinga tú y él, los dos!

**06:28 pm**

Padre Pepe salió afuera. Había dejado de fumar después de acoger el coco en casa, y hacer la promesa, frente a la urna, de no volver a inhalar el humo tóxico. Pero estaba punto de estallar, y su único recurso a mano fue pedirle a uno de los vigilantes voluntarios un cigarrillo de cualquier marca. Los morenitos futbolistas estaban casi frente a la casa. Padre Pepe preguntó al samaritano del tabaco porque en su Isla nunca había prendido ese juego tan violento. Él no sabía. Vino de la Isla muy pequeño. Tal vez por eso, por violento. La gente de la Isla era pacífica, más apegados a los juegos de reglas, como el béisbol. A los norteños también gustaba el béisbol, dijo el vigilante.

-Los norteños son como niños grandes, capaces del acto noble y desprendido, y al mismo tiempo de una crueldad sobrecogedora, como llevarse el Aguaele por la fuerza.

-Mientras estemos los insulares aquí, Padre Pepe, ese coco sagrado no se mueve de la urna. Se lo juro por mi madre.

**06:45 pm**

Era noche cerrada y sin luna cuando el vigilante que le había regalado el cigarro se prestó para tirar pelotas con los negritos. Otros custodios voluntarios habían llegado. Apenas había personas en la calle. La poca luz que daba a la casa y a la capilla venía de un farol en la esquina. Nadie pudo darse cuenta de que las luces colocadas por las televisoras para captar mejor las imágenes ya no estaban.

- ¿Hasta cuándo los chiquitos esos van a jugar frente a la casa? -preguntó Flor.

-No tengo idea. Mejor voy a cerrar la parroquia. Hoy no han venido turistas -dijo Padre Pepe.

- ¿Ahora ellos juegan también y no vigilan? -pregunto Flor con intención recriminatoria mientras miraba por la ventana como el voluntario para cuidar la casa y la Capilla disfrutaba con los morenitos en medio de la calle. Una manera muy rara de vigilar.

-Parece buena gente. Hasta me regaló un cigarro.

-No me digas que vas a coger el vicio de nuevo.

-Un cigarro, un cigarrito no hace daño, Flor.

**06:50 pm**

Uno de los muchachos erró el tiro y la pelota fue a dar a una pared del garaje convertido en la Capilla del Aguaele.

-Yo la cojo -dijo el chico.

-No, no se puede pasar. Voy yo.

Detrás del vigilante cuatro veloces morenos brincaron la cerca, y uno de ellos lo controló con una Doble Nelson. Por ambas esquinas surgieron camiones de la Fuerzas Especiales Federales, y sometiendo a los voluntarios, una docena de guardias entró en la casa. Con armas largas apuntándole, pusieron a Pepe y a Flor contra la pared.

**06:52 pm**

Los morenitos resultaron ser, además de muy malos futbolistas, ninjas de las Fuerzas Especiales. Rompieron la urna sin que sonara la alarma, tomaron el coco, y lo envolvieron en una sábana blanca. Para su sorpresa, Cosmonauta estaba en la puerta. Había venido a visitar a Pepe y a Flor.

- ¡Hágase un lado o disparo! -dijo un oficial.

- ¡No, por favor, soy un gay pacifico!

- ¡Entonces échate a un lado, pedazo de maricón!

En unos segundos un auto de la policía embistió la cerca. El negrito con el Aguaele en brazos se introdujo en la parte de atrás del automóvil. Los voluntarios y unos pocos curiosos gritaban, lloraban. Un camarógrafo de la televisión local a quien no le gustaba el chilindrón de chivo y rechazó la invitación a comer a La Jarreta, capturó las pocas imágenes que se transmitieron en vivo. Un oficial tapo la cámara, y lo obligó a cortar la trasmisión.

-Abuso. Un abuso contra la libertad de expresión – dijo a gritos.

-Vete pa'l carajo con la camarita de mierda -respondió el oficial, delatando que también es un insular, venido muy niño o nacido en tierras del Norte.

El patrullero con el Aguaele se pierde por las calles oscuras de Miyama.

**07:01 pm.**

Maigret y Watson atraviesan la cerca derrumbada. Hay llantos. Alguien ha tratado de ir hasta ellos, quizás para golpearlos, insultarlos. Pero los rodean decenas de policías y federales. Padre Pepe esta tirado en la hierba, abrazado a las piernas de Flor, que no llora; parece ajena a todo.

Watson llama por el teléfono.

-Operación concluida. Paquete en camino -dice.

-Agua al dominó -contestan del otro lado.

Los federales se disculpan con la pareja. Ya ha pasado lo peor. No había otra manera de llevarse el coco de la discordia. Ahora podrán verlo en la capital, en el edificio del Buro de Investigaciones.

-Desde este momento es propiedad exclusiva del Gobierno del Norte –dijo Maigret o Watson, o tal vez los dos, a coro.

XVIII.

La actividad en el Palacio de la Involución comenzó
con un acto protocolar, sencillo, en un pequeño salón
del primer piso cuyas ventanas daban al barrio La
Mojonera. En tantos años, no había sido posible
sacar de allí a decenas de familias que, cuando
menos, eran un espectáculo vergonzoso: los detritos
navegaban sin prisa calzada abajo cuando llovía; el
alcantarillado estaba tupido; un baño público para
quienes no tenían sanitarios en sus chozas de cartón
y techo de aluminio. Muchos de los agasajados en
ese salón clandestino se preguntaban si no era a
propósito que Filadelfo había dejado sin cubrir el
ventanal para que los invitados al deshonor miraran
lo que les esperaba fuera del aire acondicionado y
los pisos de granito.

Eran pocos los convocados, todos jóvenes, como
Armandito. Entre ellos empezó la chanza, por qué el
enemigo los llamaba talibrones, una mezcla de
extremistas involucionarios y vividores de ocasión,
y no ajustadores, como bien insistía el Comandante
que eran: ajustados a la verdad, a los principios
involucionarios. A mí, dijo uno de ellos que era el
nuevo secretario general de la Senectud Sociolista,
la palabra ajustadores me desagrada igual: me sabe
y huele a teta caída de negra vieja. Alguien al lado
lo reprendió. Esa idea, la de ajustadores, nada tenía

que ver con la prenda femenina, ni con las glándulas mamarias vencidas en desigual batalla con la gravedad y la ausencia de colágeno. Armandito lo conoció en una Tribuna Cerrada. Era el Canciller de la Rumba, Roberín Envaina. Se vestía de modo muy particular y el mote surgió porque formaba una fiesta donde quiera que iba. De su cosecha involucionaria era aquel lema repetido en todas las tribunas cerradas: "el que no rumbee es norteño". Y por esa misma razón, el de la Senectud le respondió que se cuidara de no gritarlo allí, en presencia de Filadelfo. El Comandante era un patón de reconocida oreja cuadrada.

Diciendo esto, apareció Filadelfo por una de las puertas de cristal seguido de sus escoltas y dos de sus ayudantes favoritos, Fiel-Enroque y Hatuey Corona. Las buenas lenguas los incluían también dentro de los talibrones, aunque eran de otra generación, una especie de proto-talibrones cuyas madrazas habían sido los bajos fondos del Partido Único. Armandito se dio cuenta de que casi todos los citados habían venido con sus esposas, novias o primos —estos últimos conocidos unas horas antes. Era, acaso, el único a quien nadie acompañaba en tan importante cita.

-Tengo que darles a los compañeros de la Inseguridad tu nombre y tu número de carne de identidad para que puedas estar en la recepción de Palacio —le dijo a Ángeles casi en tono de súplica el día antes.

-Tú sabes que a mis esas cosas no me interesan -dijo ella.

-Yo siento que algo nos está separando, Angy.

-Yo también.

- ¿Es la Involución? ¿Es mi compromiso político?

-Eres tú, Mandy. No te das cuenta de cuanto has cambiado.

Alguien presenta al Comandante Filadelfo. Y él se aproxima a los micrófonos: los mueve de un lado para otro, como es su costumbre, como si los aparatos tuvieran grabadas las ideas; pero todo el mundo sabe que Filadelfo improvisa, que si acaso lleva un papel consigo es para citar alguna cifra, cosa que tampoco le hace falta porque tiene una memoria de elefante. Armandito lo sabe bien.

-Tú eres el chiquito poeta. El que ganó el concurso.

-Sí, Comandante. Yo soy.

Se habían visto una sola vez. Ahora coincidían en una mesa cuadrada. Filadelfo quería a anunciar una serie de medidas para aumentar los apagones y reducir la cuota de huevos por persona a ocho al mes —cosa en la cual los santeros del Partido no estuvieron de acuerdo por ser este un número de malas predicciones.

-Yo no me pierdo una Mesa Cuadrada -dijo el Comandante al joven. -Y cuando no puedo porque tengo una reunión con los compañeros, me la graban. Y te ves muy bien. Muy bien. ¿Cómo te va en el Órgano Oficial?

-Bueno, Comandante, yo no soy periodista de profesión, estoy aprendiendo.

-Oye esto que te voy a decir: allí hay una pila de viejos descarados que han estado vacilando todos estos años. Pero eso va a cambiar. La Batalla de las Malas Ideas no puede ir adelante con tanta gente vieja…

-Comandante, si me permite, mire, yo estoy bien, en la sección de noticias…

-No hijo. No estás bien. El Partido y la Involución te necesitan para tareas de mayor responsabilidad. Ahora vamos para el estudio de televisión, que va a comenzar la transmisión en vivo.

Sí, no había duda: donde Filadelfo ponía la vista, la hierba no volvía a crecer: los apagones fueron de ocho horas y los huevos se quedaron en siete por persona. Ahora Armandito era parte de ese muy escogido grupo de ajustadores –tampoco le agradaba el mote.

**Fragmentos del discurso pronunciado por el compañero Filadelfo en el acto de abanderamiento de la Grupo de Ajuste, y el inicio de la Segunda Fase de la Batalla de las Malas Ideas por el regreso del sagrado Aguaele (versiones taquigráficas Palacio de la Involución).**

*Compañeros y compañeras:*

*"Hay aquí reunidos en este edificio histórico un grupo de jóvenes que ostentan varias altas responsabilidades en el Partido y el Desgobierno. Que estén aquí no es un hecho casual. Han sido convocados por la máxima dirección de la Involución porque nuestra lucha por el regreso del Aguaele ha entrado en una nueva etapa".*

*"Como no se le ha informado a la población, oportunistamente, el coco de nuestra Patria ya ni siquiera descansa en esa madriguera de ratas llamada Miyama. Hace solo unas horas, los federales, violando todos los principios de coexistencia pacífica, han entrado a una casa particular y como vulgares ladrones lo han sacado sin que sepamos todavía hacia donde lo han llevado".*

*"Nuestros órganos de la Inseguridad y nuestros diplomáticos irreverentes están trabajando en este penoso asunto. Pero la batalla de todas las batallas hay que darla aquí, en la Isla, y ustedes van a formar desde ahora esa tropa elite de combate"*

*"Nuestro pueblo debe estar consciente de lo que nos jugamos, que no es nada material. Es la vida espiritual de todo un pueblo. Es la moral y los principios involucionarios representados en un coco de simple apariencia que encierra nuestras luchas por un mundo mejor"*

*"Nuestro pueblo está consciente de que todos los recursos y la inteligencia que sean necesarias estarán en función de la tarea de tener el Aguaele de regreso, y ustedes compañeros, son la primera línea de combate en esta lucha".*

*" Cuando decimos todos los recursos estamos queriendo decir todos, compañeros. Habrá que sacrificarse un poco si queremos traer el Aguaele de regreso a la Patria. Cada compatriota que aporte aunque sea un centavo, un par de zapatos, una gallina vieja, para que los No-Van No-Van le den candela, pueden ser de mucho valor. El Grupo de Ajuste se encargará de administrar esos recursos del pueblo, y para el pueblo".*

Terminada la ceremonia, Hatuey Corona tomó el micrófono e invitó a los presentes a una breve recepción en el salón de protocolo del Palacio de la involución, lejos de los ventanales donde la vecindad de La Mojonera podía traer malos augurios. En las enormes mesas rectangulares había de todo lo que no había en la calle desde años atrás. Armandito, que nunca había visto un camarón en su vida, preguntó a un camarero vestido de verde olivo si la cola se comía. "Si", dijo el dependiente sin una sonrisa, "para que no se la coman los turistas". "Es una broma del compañero, no te lo comas con cola," intervino el de la Rumba, Roberín Envaina, "No sé cómo no han votado a todos estos camareros de aquí", susurró al oído de Armandito. "Porque son sus hombres de la época en que el Comandante estaba alzado en Cerro Escondido", dijo ahora otro del Grupo de Ajuste. "Él se llama Alchor Noke y es el viceministro de Incultura", lo presentó Roberín. "¿De familia japonesa?", preguntó el joven poeta. ¡"No, de familia rusa, menchevique", dijo Alchor Noke trincando un camarón sin cola. "Sin incultura no hay involución posible", agregó con una carcajada luciferina.

Armandito sintió que lo tomaban por el brazo y lo sacaban del grupo. Era una mujer mayor que él. Se movía lentamente, al ritmo de una canción de salsa que nadie quería bailar. Le dijo que lo conocía de las mesas cuadradas y las tribunas cerradas, de la televisión, donde tan bien se veía pero que así, en persona, no solo parecía más joven, sino más inteligente. Estaba sola en aquel enorme salón, y nadie la sacaba a bailar. Ellos dos, sin pareja, debían romper el hielo, dijo. Lo llevó al centro del pasillo, y apenas dieron dos vueltas, otros los imitaron. Filadelfo y sus escoltas se habían retirado sin decir adiós. También Hatuey y una buena parte del Grupo de Ajuste.

En una pausa de la música ella preguntó a Armandito si quería beber algo.

-No te molestes, yo te lo traigo –dijo él.

-Para nada, será un placer –dijo ella. Y salió hacia la gran mesa rectangular donde las botellas de wiski y ron parecían una burla contra los Doce Pasos.

A su espalda oyó una vez fría, sin matices:

-Eres uno de los pocos que está sin pareja.

-Sí, pero me gustan las mujeres- dijo Armandito sin voltearse.

-Eso también lo sé –respondió la voz. Ante él apareció el Comandante Machacando Aventuras.

- ¡Comandante!, disculpe… no sabía…

Aventuras nunca reía. Su única movida de comisura labial hacia arriba era cuando iba a arruinarle la vida a alguien. La gente del Partido lo conocían bien: si Aventuras se ríe, ¡ay de tu desventura!

La muchacha regresó con dos vasos plásticos y unas hojas de hierbabuena en los bordes: un par de mojitos.

-Papi, ¿me puedes dejar tu carro? –dijo.

-No llegues tarde y échale gasolina en la piquera –advirtió Aventuras.

Armandito estaba helado, y no era por el mojito, que bebió de un sorbo. La chica era la hija de uno de los hombres más poderosos de la Isla. Ella supo que lo había tomado de sorpresa.

Cuando Machacando Aventuras se perdió entre la poca gente que todavía bailaba, se presentó:

-Soy Susana, Susana Oria.

-Armando –titubeó él.

-Te espero afuera, en el parqueo del Palacio. Si algún guardia te pregunta por qué sales por ahí, le dices que Susana te está esperando –dijo y le dio un beso en la mejilla derecha.

Armandito necesitaba otro trago, fuerte. Fue hacia la mesa y sin esperar que el camarero lo atendiera se sirvió de una botella medio vacía y puso dentro refresco negro, marca Tropisal. Aquello no podía estarle pasando a él. Ángeles era hija de bodeguero, pero le gustaba. Esta no. Podría llevarle al menos diez años, y era algo deforme, estilo tamal mal envuelto, dirían en su barrio: ancha de espaldas, iba disminuyendo en carnes hasta terminar en unas piernas como dos sancos. Ella parecía no tener problema con eso, pues usaba vestidos –elegantes, caros- como si llevar extremidades delgadas no delatara cierta ascendencia nazarí.

Mientras Armandito bebía otro trago apurado, el Canciller de la Rumba y el ruso-insular Alchor Noke se acercaron.

-Te llevaste tremenda jeva, Mandy –dijo Alchor, el viceministro.

El Canciller de la Rumba, Roberín, no paraba de reír.

-Sí, asere, te llevaste a Medianoche –dijo entre sollozos de carcajeo el diplomático rumbero.

- ¿Medianoche? ¿Por qué Medianoche?

-Porque no tiene piernas, Mandy. La Medianoche no lleva pierna de cerdo –dijo el también culinario viceministro.

-Además –interrumpió Roberín Envaina-. Era hora de que ella cambiara de tipo. Eso pasa en todas las fiestas de Palacio.

-Bueno, ella me dijo que me esperaba en el parqueo…

-No dejes de ir, asere –advirtió Alchor Noke muy serio. – Si esa jeva lo invitó a usted a pasar la noche no la deje. Yo sé lo que te digo, mi consorte.

Armandito todavía tuvo tiempo para tomar el tercer vaso de ron con refresco negro, de lata, Tropizal. De esa conversación hacia adelante las cosas comenzaron a confundirse para él. Lo último que recordaba era respirar el aire salitroso del mar a través de la ventanilla de un carro que iba gran velocidad. Su vista tropezaba con los pocos faroles encendidos en la carretera Vía Negra. "¿A dónde vamos?", recuerda haber peguntado. "A una casa de protocolo en la playa Tumbadero", creyó oír a Susana Oria Aventuras o, simplemente, a Medianoche.

XIX.

Los federales tomaron una decisión salomónica: colocaron el Aguaele en el mayor museo del Norte, el Yankisonian, y se limitaron a decir que la pieza, adquirida en circunstancias onerosas, pertenecía, efectivamente, a una Isla situada al Sur, sin dar más detalles. En la leyenda se podía leer, en letras góticas:

*Llamado Aguaele, significa agua para este, limpieza de espíritu, camino abierto por el agua. El Aguaele es parte de la cultura post-colombina, mezcla de razas y quiméricos dioses en el Nuevo Mundo.*

En ningún lugar aparecía el valor histórico del coco, ni su valía espiritual para los insulares, que lo consideraban, en las dos orillas, una especie de reliquia. Tampoco explicaba la placa –ni el guía, por muy anti norteño que fuera- que esa era la causa de la última batalla entre el Norte y la Isla, entre los exiliados y los insolados habitantes al sur. Para evitar demandas y otras revueltas en Miyama –las calles de la ciudad seguían calientes por las protestas de los desterrados- no cobraban la entrada. Solo vendían, como si se tratara de un parque de diversiones, reproducciones de tamaño natural del coco, camisetas con el logo AGUAELE BONGÓ, y, por supuesto, una bebida refrescante hecha de agua de coco con la etiqueta AGUAELE-COLA.

Tan pronto Filadelfo tuvo noticias del empleo miserable –fueron sus palabras- dado a un símbolo patriótico de la Isla, su presencia en la Mesa Cuadrada se hizo diaria. Era importante que el mundo supiera el destino comercial, infame, dado a lo que para el pueblo de la Isla era parte de su historia y su futuro –unos sacerdotes Ifá, un obispo anglicano y el camarlengo de la ciudad hablaron de las propiedades adivinatorias del coco.

Pérez-Chapucero decidió que ya era la hora de Armandito. Como conductor de la Mesa Cuadrada, debía hacerle la *pala* al Comandante. Armandito, así le decía el mismísimo Filadelfo, debía servir para lanzar una noticia, novedosa, osada, que movería los cimientos del Norte. Y tenía que ser él, con esa maestría adquirida en dirigir el Órgano Oficial, presentar las Tribunas Cerradas y sobre todo, amante de la hija del todopoderoso Machacando Aventuras.

-Hoy el compañero Filadelfo te va a pedir que le preguntes, como el que no quiere la cosa, si mandaría una delegación de la Isla al Norte para negociar el regreso del Aguaele –dijo el desideologizado Pérez-Chapucero.

Armandito quedó un poco confundido. No sabía cómo introducir una pregunta retórica, cuya respuesta inducía la réplica.

-Es muy fácil –dijo el Ideólogo Departamental-. Solo tienes que dejar que el Comandante hable. Él mismo pregunta y se responde. Ese es su estilo.

**Un acuerdo de caballeros.**

*Por Armando Fernández del Solar.*

*(Órgano Oficial, Partido Único).*

*En la tarde de ayer compareció en la Mesa Cuadrada, una vez más y como es costumbre, el compañero Filadelfo, líder de nuestra Involución Sociolista. Después de abordar numerosos temas de la actualidad como la zafra del boniato, la exitosa siembra de Pangola aunque no hayan reses por el momento –ya vendrán, no se preocupen, dijo- y el abastecimiento de agua a la capital, en estos momentos en reparación capital el acueducto hecho por los colonizadores peninsulares, trató el tema que moviliza a todo un país y al mundo entero: el retorno a la Patria del Aguaele.*

*En exclusiva para esta emisión de la Mesa Cuadrada en vivo, y para los vivos, el Comandante respondió varias preguntas de los panelistas. La más importante fue una aclaración acerca del uso cruel, irrespetuoso, dado a este símbolo nacional, y cómo los norteños, lo han colocado en un museo mediocre, en un frío insoportable, para disfrute de quienes no saben nada de su trascendencia histórica.*

*El Comandante enseñó fotos de la placa con la cual se exhibe la reliquia, y los artículos comerciales que se venden allí, como si fuera una candonga, un pulguero de mala muerte, dijo. "Todo lo venden estos tipos. A todo le quieren sacar billetes", agregó.*

*A una pregunta de este reportero, sobre la posibilidad de negociaciones entre los dos gobiernos, el comandante Filadelfo explico que de parte de la Isla siempre ha existido esa intención. Dijo que, respetando las diferencias, y el régimen Sociolisto que escogió libremente la Isla, estaban dispuestos no solo a conversar, sino a ir directamente a la friura capital norteña donde retienen ilegalmente nuestro coco, y reclamarlo ante los tribunales.*

*Un panelista preguntó al Comandante como sería posible eso, dado el bloqueo por mar y aire que ellos tienen sobre la Isla. "Los cielos y los mares se abrirán, darán paso a los justos y soberanos reclamos de nuestro pueblo. Y ustedes lo verán: ¡el coco volverá!", dijo el Compañero Filadelfo al finalizar esta Mesa Cuadrada.*

Fueron esas las palabras que a partir de entonces estarán en cada cartel, en cada oficina, en todos los anuncios de radio y televisión: ¡El Coco volverá! Un cantautor muy conocido por musicalizar las Marchas

Ambientes y las Tribunas Cerradas nos ha regalado estas bellas estrofas:

*Viva la Patria entera, embravecida*

*Por el secuestro del Aguaele, enardecida.*

*El Norte nunca contra el pueblo podrá,*

*Porque el Coco es nuestro, y volverá.*

El Presidente Fríltron estaba practicando su instrumento mañanero con una becaria de la Oficina Ojal. Era una costumbre que muy pocos conocían, excepto los del Servicio Indiscreto. La pasante se arrodillaba detrás del buró, y el gallardo presidente norteño enseñaba el difícil arte del sexofón; cómo soplar y tocar las teclas para que la música saliera expelida hacia afuera antes de que la esposa bajara de los aposentos presidenciales y no se le despegara ni un instante. Fríltron era un hombre muy inteligente, y al mismo tiempo buen mozo, lo cual lo colocaba en una posición difícil por no ser común: los feos son más mujeriegos y los lindos poco inteligentes. Navegar toda su vida entre mujeres hermosas y el deber moral patriótico era su dilema existencial. Una vez presidente de la Gran Nación, no seguiría apretándose los testículos frente a la tentación de la carne fresca y gratuita. Era capaz de despachar los asuntos más importantes para el país del Norte con la pasante arrodillada detrás del buró. Había aprendido desde sus días de gobernador, que no existía nada más relajante para el duro oficio de mandar que un breve toque de sexofón temprano en la mañana. Los del Servicio Indiscreto si lo sabían. A quién preguntaba, decían que el presidente Fríltron estaba haciendo su oración de la mañana y después, a modo de ofrenda laica, tocaba un instrumento musical. Por reglamento tenían prohibido hablar más de ello. Su trabajo era cuidarlo. Y Fríltron cumplía con el suyo de mantenerse detrás del escritorio, allí donde cualquier intruso no sería capaz de ver que sucedía de la cintura para abajo.

Ese día, el secretario del presidente no encontró a nadie en la puerta de la Oficina Ojal, por donde se decía, sería más fácil pasar un camello que una persona a esa hora. Y quizás por eso mismo, al entrar, vio la cara del primer mandatario descompuesta, con una mueca de alegría y tristeza dulce al mismo tiempo. La pasante, sin terminar la lección mañanera, apartó el emboque de sus labios pulposos.

-Señor, ¿le pasa algo? –preguntó el secretario de Exteriores.

-No, pero sigue. Dime rápido. Rápido, por favor.

-De la Isla ese tipo, Filadelfo, dice que está dispuesto a venir al buscar el coco –dijo el secretario encargado de limpiar las calles del mundo de la suciedad norteña.

- ¿De qué coco me estás hablando? ¡Ay, coño suave, chica! –dijo el Presidente.

-Se lo dije suave, presidente. Y disculpe, es chico, varón…

-Está bien así, suave. Bien, ¿qué cosa?

-El coco que trajeron de Miyama. Los federales lo donaron al Yankisonian. Y dice Filadelfo que él puede venir a buscarlo…

- ¿Venirse dijiste? –preguntó el presidente a punto de que la pasante tocara la última nota.

-¿Venirse? –preguntó el secretario.

-¡Oye, que se vengan cuando quieran! Aquí, detrás de este buro puede venirse cualquiera. Y ahora vente, digo vete y has lo que quieras con la gentuza esa…

El secretario de exteriores salió algo liado. No entendía al presidente Fríltron. Unas horas antes se negaba rotundamente a negociar el Aguaele. Aunque no era santero, creía en los espíritus de los indios Lacocha, quienes habían hecho fumarolas y ofrendas de huesos para que triunfara en las elecciones. Tal vez, pensó el secretario, el Presidente había recibido una señal divina en lo que él llamaba mañanero: los lémures indígenas reclamaban su botín de ánimas renacidas.

Una vez en su oficina, el secretario tomó dos decisiones importantes. Primero mover el Aguaele a una reservación indígena, precisamente Lacocha. "No se van a entender si vienen los de la Isla, pues no hablan esa lengua". "Mejor", dijo el secretario, "así el malentendido no es con nosotros, y cuando pase el momento, regresamos esa cosa al Yankisonian". La segunda decisión no tuvo que consultarla con nadie. Había sido autorizada por el presidente Fríltron: una invitación para que la delegación insular se entendiera con los dueños del coco místico. Con cierta sorpresa, el líder Lacocha aceptó de inmediato: en su reservación esperaría a los representantes de la causa Filadélfica. Desde la Isla el Comandante pidió una semana para organizar su propia delegación.

XX.

A la mayoría del Grupo de Ajustadores los habían mudado a un edificio reparado, con todas las comodidades y comunicaciones directas con el Palacio de la Involución y el extranjero. Algunos decían que era una manera de tenerlos controlados. Otros, que los ajustadores merecían vivir como Filadelfo mandaba: sin otra preocupación que la Batalla de las Malas Ideas y luchar por el retorno del Aguaele a la Patria. Armandito no tuvo que convencer mucho a la madre y a su hermana. A la primera porque tendría acceso a todas las novelas norteñas, prohibidas en la Isla. La segunda, porque tendría la Red de redes para comunicarse con las pocas amigas hijas de prominentes involucionarios, únicos insulares sin restricción al servicio digital.

En realidad, los apartamentos eran pequeños. Pero el de Armadito, por ser una estrella en ascenso, tenía tres cuartos, uno para cada uno. Susana Oria solo lo había visitado una vez, al principio, y no le cayó bien a la madre de él. "Tiene muchos defectos", le dijo. "Eso es una estrofa de la canción de Serrat que se llama *la mujer que yo quiero*", dijo Armandito. "¿Cómo es posible que te des cuenta después de verla solo una vez?" "Pues por como dice el mismo

Joan Manuel, porque mi amor es un amor de antes de la guerra".

¿Antes de la guerra?, ¿Qué querría decir su madre con eso? ¿Acaso que él estaba en medio de la guerra? ¿Qué su ascenso político y profesional era parte de una batalla a la que ella no quería sumarse? Las había puesto a vivir como Carmelina, aunque ninguna supiera que Carmelina era la nieta de José Arrechavala, el magnate fundador del ron Havana Club. Bueno, pensó el joven estrella del Partido Único sin olvidar que pertenecía a una constelación donde alumbraban otros. Carmelina bien pudiera ser la versión republicana de Susana Oria, con sus festines y sus licencias, aunque diferían en sus vidas privadas: la heredera de Arrechavala era una fiel esposa y madre ejemplar; Susana Oria Aventuras, un paradigma involucionario: sin hijos ni parejas fijas. Armandito iba ya por el segundo mes, y sabía que el tiempo de cohabitación se estaba acabando. Haber comido en la misma casa que el comandante Machacando era un aval de suficiente de confiablidad.

Pensaba en estas cosas cuando decidió visitarla horas antes de tomar el vuelo con dirección al Norte, en la comitiva que Filadelfo armó y de la cual no se sabían sus integrantes hasta que no llegasen al aeropuerto, con la excepción de Gilberto, principal y lógico reclamante del Aguaele.

Tocaron el timbre de la puerta. La madre de Armandito abrió. Conocía al Canciller de la Rumba de la televisión. Tampoco le caía bien. Gritó a su hijo que un amigo lo buscaba. Armandito salió del cuarto vestido, con olor a perfume.

-¿A dónde vas?

-A casa de Susana.

-Te puedo acompañar. En la madrugada salimos juntos para el Norte.

-No lo sabía… como esto es tan compartimentado.

-Lo está para la gente Armandito. Recuérdate que soy el ministro de malas relaciones internacionales...

-Bueno, si quieres vamos juntos –dijo Armandito sin ánimo, como para que el Canciller de la Rumba se arrepintiera.

Pero el hombre hizo un movimiento con los pies como si bailara un guaguancó:

-Pues será un placer, mi amigo. Hace meses, años, que no visito la casa del comandante Aventuras.

Tomaron por la calle Surco, donde antes de la Involución pasaba el tranvía, y ahora en la esquina estaba el edificio de los ajustadores. En unos minutos entraron al Bosque de la Capital, donde se ocultaban las mejores residencias, la de los jerarcas del Partido. Varias mansiones coronaban el Reparto Lolhy, cercado y con cámaras de vigilancia, y siempre con uno o dos escoltas para abrir la cancela de hierro. Armandito debió identificarse como amigo de Susana y enseñar su carné de identidad. Sin embargo, el canciller no tuvo que hacerlo porque el guardaespaldas lo reconoció de inmediato. "Usted es el de la rumba, ¿verdad?". "Si, mijo, yo mismo soy". "Mire a ver qué le parece este pasillo que inventé en la Unidad". El oficial era un chino mulato recio, de más de seis pies de estatura. Terció el fusil al hombro y se movió por todo el césped al ritmo de una música que solo sus oídos percibían.

-Te la comiste, asere –le dijo el diplomático rumbero-. Ahora dejamos pasar.

 Aunque Susana Oria esperaba a Armandito, puso cara de sorpresa. No esperaba a su acompañante, con el cual, por si fuera poco, había tenido una relación y no musical, precisamente. Su saludo fue breve; un beso tirado a la mejilla, sin unir los labios.

- ¿Que quieren tomar? –preguntó.

-Wiski –dijo el diplomático examante.

-Sí, ¿pero de que marca?

-Cualquiera –dijo entonces Armandito.

-Cualquiera no existe. Díganme cual y si le pongo hielo –dijo Susana sonriendo por primera vez.

-Juanito, el caminante, con hielo. Y que sea negro, por favor –dijo el canciller chasqueando los dedos.

Susana Oria desapareció por el largo pasillo en dirección al bar.

- "¿Qué tipo de wiski?". Eso se llama poder, compañero Armando –dijo Roberín Envaina cuando oyó poner hielo en los vasos.

-Voy a ayudarla –dijo Armadito.

Susana Oria tenía la cara descompuesta. Estaba inclinada sobre el mostrador del bar y la mano derecha sostenía su frente.

- ¿Cómo se te ocurrió traer aquí de nuevo al hijoeputa ese?

-Se me pegó cuando salía. No pude evitarlo.

- ¿Tú no sabías que este será el último viaje del rumbero ese? Que ya nadie lo soporta. Que mi padre y el Comandante lo sorprendieron plagiando unos discursos para ponerle música y vendérselos a los peninsulares como guaguancós de su inspiración?

-No, no lo sabía.

-Mira, tómense el trago rápido y desaparezcan antes de que llegue mi padre.

- ¿Y yo? Yo vine a verte antes del viaje.

- ¿Tú? Tú y él, los dos, se van pal'carajo ahora mismo.

Susana no volvió a salir ni a despedirse. Le dijo a Armandito que tenía dolor de cabeza y se iba a acostar.

-Déjame en el Rhoce. Tengo que hacer una visita – dijo Armandito al Canciller de la Rumba entregándole las llaves del automóvil.

-Volamos en la madrugada –advirtió el rumbero de las relaciones internacionales.

-Sí, lo sé. Y por eso mismo tengo que coger aire fresco.


Ángeles estaba viendo la novela de las nueve cuando tocaron a la puerta, y el padre fue a abrir. Ella sintió algarabía a sus espaldas, y por un momento pensó que se trataba de una tía del campo que a cada rato venía a la capital para llevarse algo de la bodega y revenderlo en el pueblo.

- ¡Mija, mira quien está aquí! –dijo Isidro el bodeguero, con el brazo por encima de Armandito.

Ángeles hizo un esfuerzo por levantarse. Un beso en la mejilla de Armandito fue suficiente para conocer su estado de ánimo.

-Bueno, me voy a acostar. Mañana llega mercancía –dijo Isidro al sentir la frialdad de ambos.

-Siéntate –dijo ella, sin dejar de mirar el televisor.

Armandito siempre sintió curiosidad por la miseria en que vivían el bodeguero y su hija, sabiendo el barrio entero que Isidro robaba sin miramientos. ¿Qué hace este tipo con tanto dinero?, se preguntó vez mientras se acomodaba con cuidado en uno de los sillones frente al televisor y oteaba el ambiente, tan distinto al de la casa de Susana Oria, allí donde todo relucía, parecía nuevo, olía a flores, incienso y vainilla. Las luces del techo salían de un plafón manchado por la cagada de las moscas, y los focos incandescentes apenas alumbraban un pedazo de la sala-comedor. Los muebles eran dos balances con el respaldar raído, y los brazos estaban cubiertos de una capa de churre y sudor; años sin una limpieza con cloro, o por lo menos detergente. Al fondo, un sofá antiguo con un cobertor de muselina, y que por su uso y lavados, iba perdiendo el color verde limón. La mesa de comer era pequeña, y las sillas, acaso tres -una de ellas coja-, podían haber sido sacadas de una feria de abastos. Lo único decente era el televisor a color, mediano, sobre el cual y para no desentonar con el ambiente mustio, Isidro tenía una foto de su madre y de su esposa fallecida, la madre de Ángeles.

-Y bien, ¿qué te trae por aquí, y a esta hora? –dijo ella.

-Nada –dijo él. -Quería verte.

-Al que debías ir a ver es a tu padre –dijo ella sin mirarlo, con la vista fija en la pantalla del televisor.

- ¿Por qué? ¿Ha estado enfermo?

-Sí, enfermo, y bien jodido –ella lo miró por primera vez. -Yo le he llevado sopitas y esas cosas…

-Me podías haber llamado.

- ¿Llamarte? ¿A dónde?  ¡Ay, Mandy! Si tu propia madre dice que no paras en tu casa, en el apartamento nuevo ese que te dieron.

-Sí, claro… es verdad… pero ¿qué es lo que tiene el viejo?

-Que no tiene, dirás tú. Soledad. Eso es lo que tiene. Y hambre. Y se le pegan todos los catarros de la calle…

-Ángeles, por favor, necesito que me entiendas…

Ella se levantó y bajó el volumen del televisor. Con un gesto señaló al cuarto, donde los ronquidos de Isidro se oían en la sala.

-Todavía no me has dicho que te trae por aquí –dijo ella.

-Mañana… mañana voy a una misión importante.

- ¡No me digas que es el Aguaele ese! –dijo ella con una carcajada burlona. – Ya tengo el singao coco ese hasta en la sopa. La televisión y el radio todos los días que si el coco de la Patria, el coco involucionario, y coño, cuando parece que ya se han olvidado de él, apareces tu por aquí, en la Mesa Cuadrada o en una tribuna, hablando mierda del coco ese…

- ¡Ah, yo hablo basura! –dijo Armandito con una sonrisa.

-No chico, es un decir… ¡ay, no sé! Ya no sé ni lo que digo, discúlpame.

-Discúlpame tú a mí –dijo él.

La tomó la mano, todavía en el sillón. Ella hizo un gesto para retirarla. Pero no pudo. O no quiso.

-No sé a qué viniste, pero te advierto que no soy plato de segunda mesa.

-Vine a verte porque te necesito, aunque no me creas…

-Oye, Mandy, deja esa muela –dijo ella ahora relajada, sonriendo. -Tú estás a otro nivel, no para una bodeguera.

Sin saber cómo, los dos abandonaron los sillones quebradizos y se enlazaron en un abrazo; caminaron juntos, pegados uno al otro, besándose con desespero. ¿Qué me pasa con esta chiquita?, pensó Armandito al sentir, como no le sucedía con la Aventuras, un deseo inmenso de que aquello durara toda la vida. Se dejaron caer en el sofá, que, con el peso de ambos, las patas chillaron un adiós.

-Papi duerme como un lirón –dijo ella. –No te preocupes, sigue.

Cuando Armandito despertó eran pasadas las cuatro de la madrugada. Había dormido en un canto del sofá, sobre Ángeles, como un feto indefenso, amniótico.

-Tengo que llamar por teléfono, Angy. Urgente.

-Está donde siempre… y hasta ayer tenía tono.

Al chofer del periódico lo recogió en el Roche y lo llevó hasta la casa y de ahí al aeropuerto. Al chofer le pareció demacrado, indispuesto. Y preguntó si se sentía mal. Armandito no entendió la pregunta.

-¿Qué si voy mal, dices? –dijo.

-No, jefe, no. Pero nada… no se preocupe. Mire, los compañeros lo están esperando.

Habían llegado a la zona de protocolo del aeropuerto. Casi toda la delegación estaba afuera, esperando a los rezagados, como él, para pasar al área estéril.   Era una madrugada húmeda y

Armandito tuvo ganas de vomitar. Tenía el estómago revuelto. Muchas horas sin comer. Y como era la primera vez en su vida que volaría en un avión, nada menos que al Norte, prefirió callar su estragamiento ante la comitiva de talibrones que rodeaban a Gilberto, haciéndole preguntas tontas, dándole consejos de cómo soportar la nieve.

TERCER ACTO

XXI.

El presidente Fríltron fue informado de que el Gran
Jefe Indio Cabeza de Pinta no quería admitir el
Aguaele en su reservación por dos razones: su tribu
no acostumbraba a interferir en los asuntos internos
de otros países, y el coco seco nada tenía que ver con
sus tótems y espíritus guerreros del pasado. Fríltron
estaba muy sereno porque había terminado su sesión
matutina de sexofón, y quiso conocer más sobre el
enigmático fruto porque nada sabía de palmeras
tropicales, y mucho menos le interesaba aprender.
Pero este era un asunto de estado, y Miyama era
parte del Norte, aunque no lo pareciera.

En un vuelo especial hizo traer a la Oficina Ojal a
los reclamantes insulares, Tío Pepe y Flor de Liz.
Los oficiales de la V.I.A (Vigilancia Internacional
Agencia) tuvieron listos los informes sobre ellos en
unas pocas horas. No había mucho, salvo los
pecados de la carne habituales en Miyama, donde el
adulterio era un deporte practicado por la mayoría.
Tío Pepe habría cruzado a la Orilla Norte en una
balsa hecha de corcho −sin relación alguna con las
palmeras-, y sin otro conocimiento que destazar

reses robadas en la Isla. Había tomado un curso de plomero, y a eso se dedicaba. Las investigaciones se volvían interesantes cuando Pepe compró una casa en dinero contante y sonante, y el banco nunca preguntó su procedencia pues en esa época casi todos los bancos de Miyama tomaban dinero con los ojos cerrados. Hubo una acusación que no prosperó. Lo acusaban de poner las tuberías para regadío en una casa de hierba. El acusador, que había venido con él en la misma balsa, cumplía una condena de por vida y quería reducirla colaborando con investigaciones paralelas. Después de aquello nada nuevo aparecía del plomero, ni siquiera cuando en el caso Cocogate –sin relación alguna con el Aguaele– quisieron vincularlo a otros plomeros venidos de Miyama para espiar las oficinas del partido del actual presidente Fríltron. Tenía una vida normal, aburrida, sin amante conocida hasta que apareció el coco flotando en el agua e hizo la reclamación de su pertenencia. Los federales si tenían varias pistas sobre su conducta después del hallazgo y que un tribunal de la ciudad concediera propiedad sobre él. "Es que el dinero vuelve locos a los hombres", dijo el presidente Fríltron cuando leía el informe en presencia de la secretaria de Leyes, la señorita Junge Rumiante. "Hay más, señor presidente, hay más", dijo ella.

Se refería, además de la amante Caracaballo, a Flor de Liz. Estaba bien documentada su conducta impropia de una mujer que llegó al Norte con un padre preso apolítico. Como el hombre no hizo nada, ni siquiera puso en la puerta de su hogar el letrero

ESTA ES TU CASA, FILADELFO, los vigilantes de los comités lo denunciaron por apático, insensible, y cumplió un año de prisión por sospecha de antipatía. Eso bastó para que toda la familia entrara en el programa de refugiados apolíticos, y Flor de Liz llegara a tierras de sumisión a la edad de cinco años. Desgraciadamente, dijo la señorita Rumiante, esta niña se crio en el barrio miyamense de Hay-Lía, y que era como un gueto entonces, y no aprendió el idioma galés. Se colocó de cocinera en un Palacio del Colesterol, donde conoció a Pepe un día que hubo una enorme tupición en los baños, y de paso le pidió que también la destupiera a ella de su muy pacata virginidad. Sus faltas, como las de Pepe, comenzaron al traer a su casa el Aguaele. "Se forraron de la noche a la mañana", dijo la secretaria Rumiante, "y ella cambio su peinado, su manera de vestir, hasta quiso cambiarse el nombre". "¿Cambiarse el nombre?" "Si, señor presidente, el nombre". "Se quitaría el apellido de Liz, ¿no?". "No, se equivoca, señor. Quiso ponerse Root, Raíz de Liz, para que pegara, pareciera un verso".

Por eso cuando los tuvo sentados frente a él en la Oficina Ojal, con los secretarios de exteriores y de leyes, pidió disculpas por la intempestiva manera que los federales habían usado para traer el coco en disputa. Ahora estaba en el museo Yankisonian. Ellos y él sabían que ese no era un destino final para un objeto de ese valor patrimonial.

-Solo lo queremos de vuelta a Miyama —habló de nuevo el Padre Pepe, recuperando mentalmente su rango episcopal.

-Eso es imposible, Pepe, y usted lo sabe —dijo la señorita Rumiante, a quien acusaban de ser el cerebro maléfico de la intervención por la fuerza en la Capilla del Aguaele.

Flor fue más suave, algo que contrastaba con una pamela rosa, con lazos y perlas, y un vestido de chaqué adaptado para mujeres en el Trópico.

-Presidente, si usted devuelve el Aguaele a la Isla, el Filadelfo ese lo va usar para hacernos brujería.

- ¿Bruguerría? ¿Qué cosa es…? Burronería? – preguntó Fríltron.

-Brujería, señor —aclaró la secretaria de Leyes. – Es como un ritual celta, pero matando animales y escupiendo aguardiente.

--Es para darle salud a los amigos y desgraciar a los enemigos —dijo el secretario de exteriores.

-Bien nos harían falta varios bugarrones de esos – bromeó el presidente de los norteños.

Todos rieron menos la pareja insular. Estaban frente al hombre más poderoso de la Tierra. Tenían que impedir, por mandato de los exiliados de Miyama, que el coco regresara a las manos inescrupulosas de

Filadelfo. Con ese talismán, su régimen involucionario duraría una eternidad.

-Nuestra decisión, Pepe y Flor, es que el Aguaele permanezca en una reservación aborigen, allí donde la imparcialidad haga justicia –dijo Friltron dando por terminada la corta entrevista.

- ¿Justicia, señor? –dijo Pepe, a secas.

-Sí, justicia. El Gran Jefe Cabeza de Pinta conoce bien a los insulares.

- ¿Cómo es eso? ¿Cómo es que nos conoce? – preguntó Flor de Liz sorprendida.

-Ya verán, ya verán –dijo la señorita Rumiante levantándose e invitándoles a salir. –Ya tienen reservada la habitación en el hotel y la delegación de la Isla debe estar llegando al aeropuerto. Mañana saldrán para la aldea a conocer al Gran Jefe Cabeza de Pinta.

- ¿Y el Aguaele? –preguntó casi con inocencia Pepe, el plomero que no era de Boston.

Fríltron sonrió. Tantos años en el Norte y todavía Pepe no había aprendido que los norteños siempre van un paso por delante. En eso, solo Filadelfo se les adelantaba.

-Vayan con la señorita Rumiante –insistió el presidente. -Ya todo está… ¿cuadrado?, como dicen ustedes.

XXII.

La primera comitiva en llegar a la reservación aborigen fue la de los insulares, encabezada, pero sin ideas propias, por Gilberto. La mediación se iba a realizar en territorio neutral, allí donde las leyes norteñas y las insulares no tenían efecto. La delegación de la Isla sería hospedada a pocos kilómetros del pueblo aborigen, para facilitarle el transporte e impedir las manifestaciones de los exiliados. Los representantes del gobierno federal estaban obligados a defender la posición del ejecutivo. Aun así, temían que, de entregar mansamente el coco en disputa, la revuelta en Miyama sería indetenible.

-Ustedes saben, nosotros sabemos que esa *cosa* no nos pertenece –dijo Fríltron al despedirlos en la Oficina Ojal. -Pero también todos sabemos que, si Filadelfo se sale con la suya, nos esperan cien años de condena de los exiliados insulares.

- ¿Entonces qué debemos hacer, señor presidente? – preguntó la monjita Sor Prenda, quien debía observar todos los pasos de la delegación reclamante.

-Hermana —dijo el presidente norteño dejando salir un suspiro y no de sexofón. - Usted vaya para donde la lleven las señales de humo…

-¿Las señales de humo?

-Sí, hermana. El Gran Jefe Cabeza de Pinta fuma puros… de la Isla.

Justamente ese fue el regalo que le envió Filadelfo al Gran Jefe. La delegación insular fue llevada por automóviles blindados hasta las empalizadas que rodeaban un caserío de no más de tres decenas de modernas edificaciones. A una señal del chofer del primer carro, uno de los oficiales Lacocha pidió la contraseña:

- ¿Viene el coco?

-Con saoco —respondió el chofer.

La comitiva se internó entre las calles que nada diferente tenían a las de las grandes ciudades del Norte, excepto por los automóviles todoterreno que los Lacocha usaban para transportar misteriosas pacas de heno verde. En el primer vehículo iba Gilberto, la monja Sor Prenda, y el Canciller de la Rumba, Roberín Envaina. Era la distribución que desde la Isla Filadelfo había planificado. Por qué lo dispuso así el Comandante, era un misterio para Armandito, en el segundo carro junto al viceministro Alchor Noke y dos más del Grupo de Ajuste que se presentaron durante el vuelo. Un tercer auto era conducido por federales. Presumían que viajaban miembros de la VIA y algún comando especial.

Una vez frente a la puerta del Consejo Lacocha, el primero en descender con la caja de tabacos Romeo y Julieta Santos fue Roberín. Los del Servicio Indiscreto ya estaban allí. Le impidieron el paso hacia adentro.

-Con calma, canciller –dijo uno en perfecto idioma insular. -Esto no es una pista de baile ni es el Sábado de la Rumba.

Uno de ellos entró y salió a los pocos segundos.

-El Gran Jefe Cabeza de Pinta los espera.

La hermana Sor Presa se adelantó gracias a los ejercicios yoga que practicaba en la mañana. Adentro había un silencio sobrecogedor. Sentado en una poltrona que se elevaba casi un metro sobre el piso, el Gran Jefe era abanicado por dos nodrizas de pecho en flor. Alrededor, parte de los líderes de la comunidad Lacocha, empresarios y colonos, y el Consejo de Ancianos, sentado a la derecha. El Gran Jefe no pudo ver a Roberín porque la monja, rolliza y colorada, tapaba todo el frente. Tan pronto la monja se quitó del medio, el Gran Jefe reconoció a su gran amigo de la beca.

- ¡Roberín, men, que tiempo sin verte! –explotó el Gran Jefe, tirándose de la poltrona, abrazándose al bailador de relaciones exteriores en un efusivo saludo.

- ¡Manolo, carajo, nadie me dijo que tú eres tú, compadre!

-Oye, asere, déjate de número que el Comandante te tuvo que decir que yo era yo.

-Bueno, no tanto. Me dijo que tú Manolo, estabas en la tribu y eras un personaje importante, pero ¿Gran Jefe? Jamás, mi hermano, jamás de los jamases.

-Bueno, vamos a prepararles un recorrido por la reservación. Almorzamos y después nos sentamos a hablar de la *cosa esa*.

Armandito Fernández no salía de su asombro. Hasta la tribu aborigen llegaba la mano del Comandante Filadelfo. Se situó en una esquina cuando el Gran Jefe se levantó de la poltrona. Al pasar junto al Canciller de la Rumba, quitó con elegancia la caja de puros de sus manos.

-Esto seguro es para mí –dijo el Gran Jefe Cabeza de Pita.

-Claro, Manolo. Son para ti. Y en el carro hay otra caja de los que se fuma él. Se llaman Cojejeva.

-Rober, tu verás como tengo pasillos nuevos para enseñarte –sonrió el Gran jefe.

-Oye, hermano, tienes que decirle a toda tu gente que el que te enseñó a bailar en la Isla fui yo.

-Ellos lo saben, Rober. Y por eso es que los han recibido así, sin envidia ni na de eso.

Roberín Envaina no le cabía un capullo más. Fue donde Armandito, quien todavía pasmado, estaba recostado a un horcón de madera. Cuando el Gran Jefe y quienes lo adulaban se perdieron del salón, el Canciller de la Rumba explicó la historia de *Manolo*:

En el primer viaje que Filadelfo hizo al Norte para pedir dinero, el presidente no lo quiso recibir porque en su poder tenía una copia de una carta donde Filadelfo, con apenas cinco años de edad, le pedía diez pesos para su mamá. "Este tipo es un pedigüeño", dijo el presidente. No lo recibió. Filadelfo armó una casa de campaña detrás de la Casa Nevada y dijo que de ahí no se movería hasta que no fuera recibido. Por esos días visitaba la capital el Jefe de los Lacocha, y vio a Filadelfo pernoctar en las calles con su séquito. Lo invitó a compartir la habitación del hotel donde se hospedaba y a visitar la reservación. Pero Filadelfo solo buscaba salir en los periódicos, así que se tomó la foto, y agradeció el gesto del Gran Jefe de entonces. De regreso a su comunidad, el nieto vino un día preguntando por qué su nombre. El Gran Jefe, a su vez, cuestionó al nieto: "¿No te gusta mi nombre, Cabeza de Trompo?" "Si abuelo", contestó el niño. ¿Y el de tu padre, Cabeza de Taco? "Si abuelo, claro que me gusta". "¿Entonces que pasa contigo, Cabeza de Pinta? El abuelo se lo dijo al padre, y que tenía la solución para el niño impertinente: había conocido a otro gran jefe, capaz plantarle campañita al mismísimo presidente norteño. Vivía en una Isla al sur, y creó un sistema de becas donde moldeaban a los muchachos como si fueran plastilina. Enviar a Cabeza de Pinta para allá tendría dos ventajas: se volvería un manso Lacocha, y de paso odiaría profundamente a los norteños, y aprendería las mañas y marañas filadélficas, tan respetadas en el mundo de la delincuencia internacional. El padre, Cabeza de Taco aceptó con una condición: que el niño tuviera doce años. De modo que el mismo día después de celebrar su cumpleaños, Cabeza de Pinta llegó a la Isla y lo internaron en una beca cuyo nombre era Blandimir Luchín. Como tenía los rasgos fisonómicos de los Lacocha, algunos le decían "el indio", otros "el moro", e incluso llegaron a ponerle el sobrenombre de "el chino". Lloraba todas las noches, porque a pesar de que lo habían preparado en el idioma insular, y entendía perfectamente a los profesores y a quienes pasaban de nombrarle chino a indio indistintamente, no tenía un nombre propio isleño, no era nadie o muchas personas a la vez, y cuando decía llamarse Cabeza de Pinta, sus condiscípulos lo tomaban para el relajo. "Dile que te llamas Manuel, y que naciste en España", sugirió su compañero de litera. "Esa es una canción de Nino Bravo", respondió el lachochista. "Por eso es mejor decirte Manolo". Quién así lo ayudó y para siempre llevaría el apodo de Manolo, era el actual Canciller de la

Rumba. También fue el primero en presentarle su futura novia de la Isla, y le enseñó los primeros pasillos de salsa y merengue en las noches de los miércoles, en la recreación. Años después se separaron, y Manolo regresó al Norte. El abuelo, Cabeza de Trompo, se había vuelto loco; giraba alrededor de sí mismo, y gritaba estupideces, hasta que un día cayó al piso inconsciente. El hijo, Cabeza de Taco, asumió el mando por unos años. Pero mientras transportaba pacas de heno verde fuera de la reservación, los federales lo detuvieron y plantaron unas pastillas prohibidas en su guantera. Fue a la cárcel. En un escape asombroso, desapareció del Norte. Se decía que estaba en la Isla, bajo la protección directa de Filadelfo. Pero nadie podía asegurarlo. Así, la relación del Gran Jefe actual, Cabeza de Pinta, alias Manolo, era muy cercana a la insularidad, a Filadelfo y su Involución.

Justamente al terminar la historia de Manolo, uno de los ayudantes del Gran Jefe dijo tener listos los todoterrenos para dar una vuelta por los pantanosos límites de la reservación Lacocha.

XXIII.

Pepe y Flor de Liz no pudieron ser discretos. Dieron el nombre del hotel donde se hospedarían hasta a sus vecinos. Incluso anunciaron la hora en que serían recibidos por los mediadores, los Lacocha. Estando todavía en Miyama, se organizó una caravana de autobuses con cientos de seguidores, quienes llegaron a las puertas del hotel mucho antes, y pusieron casas de campaña alrededor de los jardines de cocoteros y palmas enanas. "De aquí sin el Aguaele no nos vamos", "Viva el Aguaele exiliar" y "Unidos, el coco jamás será vencido" eran algunos de los carteles de los protestantes. Para hacer entrar a la pareja al hotel los federales los disfrazaron de pobladores Amish. Pepe se disgustó. Hubiera preferido un disfraz de vaquero, con un par de colts al cinto y unas polainas de charol. Flor de Liz estaba decepcionada con la cofia blanca y la falda negra. Era una lejana fantasía desde sus tiempos de niña vestirse como una prostituta de salón del Oeste, con un corsé apretado, levantando sus senos tristes, marchitos, y una saya abombada con vuelos rosados y malvas que dejaran ver unas mallas azules. "Así nadie los reconocerá" dijo Watson, otra vez el federal encargado, también aquí, de ser su acompañante indiscreto. Flor tomó el vestido de mala gana. Ese tipo, el Watson, seguía burlándose de ellos, dijo.

Todo estaba preparado para que la pareja llegara a la comunidad Lacocha después de la comitiva insular. El protocolo estipulaba que serían recibidos por el Gran Jefe. Pero al llegar los hicieron esperar más de lo pactado, en un saloncito cuyo único mobiliario era una mesa de billar. No sabían entonces que Cabeza de Pinta acompañaba a la delegación de Filadelfo en el recorrido por el territorio Lacochista, premonitoria señal de hacia quien se inclinaría la balanza en la mediación. Pepe había tirado la bola negra contra la barda por séptima quinta vez cuando uno de los edecanes dijo que pasaran al salón. Allí sentados vieron a Gilberto, solitario, al lado de un hombre que por su atuendo podía ser el Gran Jefe. A la diestra, la delegación de la Isla. Flor de Liz, mujer al fin, tuvo que aguantar la risa al ver los trajes de los de Filadelfo: los pantalones y los sacos les quedaban cortos o largos; se veía que los trajes fueron escogidos al azar, y a última hora, antes de montarse en el avión. O quizás fueron traídos de una tienda de muertos norteños. Armandito también sonrió cuando Gilberto se negó a darle la mano a su primo Pepe: así hace un involucionario de verdad, comentó en voz baja el Canciller de la Rumba.

El verdadero Gran Jefe Cabeza de Pinta apareció poco después, vistiendo una guayabera blanca como cualquier hijo de vecino. Alguien trajo una silleta de mimbre, la colocó en el medio del salón, donde pudiera ver a todos los convocados. Entonces hicieron pasar al Aguaele. Estaba dentro de la misma urna de cristal que le había servido de protección en el Yankisonian. Gilberto se levantó como halado por un resorte, se abrazó a la caja, besó el cristal.

- ¡Está loco! ¡Ese tipo está loco! –gritó Pepe.

El Gran Jefe hizo un gesto, y sus ayudantes tomaron por los brazos a Gilberto, llevándolo de regreso a su silla.  Cabeza de Pinta no se inmutó. Apenas una mueca en su rostro, imperturbable. Por fin, tras varios minutos de silencio, habló: el presidente del Norte lo había colocado en una situación difícil pero no eludible; esto era una muestra de consideración, de deferencia a su conocida imparcialidad en estos asuntos interreligiosos. Los Lacocha, continuó, estaban más allá de las iglesias, porque sus altares eran la Madre Tierra, el Fuego y el Agua. Ahora daría la palabra a los visitantes, a Gilberto en este caso.

Gilberto comenzó la audiencia con la historia de su abuelita y la receta del arroz con coco. Alguien de la comunidad intentó copiar en medio de la exposición y el Gran Jefe lo sentenció con su mirada de fuego. El reclamante insular fue interrumpido varias veces: necesitaba documentar la propiedad del Aguaele, dijo uno de los ancianos Lacocha. En ese momento, el Gran Jefe sacó un puro de los regalados por el diplomático rumbero, le dio candela por una punta, y tuvo a bien dar la palabra a la hermana Sor Presa.

-Ella tiene algo que decirnos –exclamó entre nubes de humo nicotínico, Cabeza de Pinta.

La monja Sor Presa traía una carta del presidente. Dijo que solo leería algunos párrafos. En su condición de religiosa, este asunto sobrepasaba lo legal para meterse en el mundo de lo intangible. Básicamente, el presidente daba a la comunidad Lacocha el derecho a la adivinación de la propiedad. Esto era que, haciendo uso de sus rituales y tradiciones, y por estar en territorio donde las leyes federales no tenían jurisdicción, decidieran sobre la permanencia o la devolución del objeto de culto insular.

-Ya lo han oído –dijo el Gran Jefe. - Lo que decida la tribu será lo que va a suceder.

Un anciano, tal vez el más viejo y achacoso, tomó una vara larga terminada en unas plumas de gallinazo, y con un golpe seco quebró el cristal hasta ese momento blindado. Después pidió a Cabeza de Pinta el tabaco encendido, e hizo pasar el humo entre los pedazos de cristal que todavía quedaban sobre el Aguaele. Misteriosamente, los pedazos restantes cayeron al suelo, y el coco quedó solo, encima de su base. Habló en una lengua lejana, una que muy pocos podían traducir. El Gran Jefe pudo interpretar las palabras del viejo hechicero:

-El anciano dice que el objeto ha hablado. Que no necesita ser protegido en esta tierra. Debe ser liberado y regresar al lugar de donde vino –dijo.

- ¡A Miyama! –gritó descompuesta Flor de Liz.

- ¡Vino de la Isla, señora! –dijo entre chillidos Gilberto.

Se levantó un vocerío que no permitía seguir la audiencia. Finalmente, el Gran Jefe dio un par de patadas en el piso y pidió silencio.

-El Dios de la Tierra, el Agua y el Fuego ha hablado. El Aguaele pertenece a la Isla al sur –dijo.

Tan pronto se supo de una mediación independiente del gobierno norteño que había decidido el regreso de Aguaele, estalló un sentimiento de alegría en toda la Isla. Filadelfo decretó tres días de asueto y sacar las pipas de cerveza y ron a la calle. Al Grupo de Ajuste fue asignada la misión de que no quedara nadie en sus casas sin asistir al discurso que el Comandante daría en la Plaza de la Involución al día siguiente. Se suponía que el Aguaele presidiera desde la tribuna la actividad multitudinaria después que el Gran jefe Cabeza de Pinta entregó el coco a Gilberto y a los ajustadores para que fuera devuelto a la Isla.

Pero esa misma mañana llegaron las primeras malas noticias: podrían llevarse el Aguaele, pero no por aire, debido a la probable negativa de la aduana a dejar pasar *esa cosa*. En el hotel, los del Grupo de Ajuste enviados al rescate se comunicaron con

Filadelfo. El Canciller de la Rumba, Roberín, trató robarse el protagonismo: puso una llamada directa a la oficina de Filadelfo –algo prohibido- y solicitó su permiso para una acción comando. El Comandante debía autorizar el despliegue de un helicóptero que aterrizaría en el techo del hotel y se llevaría la reliquia en secreto.

El Comandante montó en cólera. Dijo que lo pusieran en el altavoz.

- ¿Te has vuelto loco, chico o quieres una guerra con el Norte? ¿No te basta robarte mis discursos para musicalizarlos? Dime, ¿cuándo te dimos permiso para bailar en la fiesta de quince de la hija del dictador Augusto Yonosé? ¿Hasta cuándo Roberín? Ponme a otro, ponme a Gilbertón…

Todos hicieron silencio. La carrera política del rumbero de las relaciones exteriores estaba acabada. Gilberto se acercó al aparato con temblores.

-Diga usted, mi Comandante -dijo.

-Gilbertón, te habla Filadelfo.

-Sí, ordene Comandante…

-Mira mi amigo: no se muevan del hotel. ¿Tienes el coco contigo?

-Sí, Comandante. Aquí esta.

- ¿Y estas protegido por los federales y por los nuestros?

-Sí, Comandante, como usted lo dijo, absolutamente.

-Bueno, tranquilo. La actividad de bienvenida se va a posponer. Ahora entrégale el coco a ese muchacho…

El general Zambuca y Pérez Chapucero susurraron el mismo nombre a la vez: Armando.

-Sí, Armandito Fernández. Dale el coco a él y que me hable –ordenó el Comandante.

-Diga usted, Comandante -dijo Armandito, ahora junto al teléfono.

-Vamos a intentar una vía alternativa. Nada de aviones ni aduanas. Los compañeros de la Inseguridad se van a comunicar contigo, solo contigo, ¿entendiste?

-Sí, Comandante.

-Ahora apaguen el altavoz. Esto es para ti solo.

El operador de comunicaciones puso el teléfono en comunicación personal. Del otro lado, Filadelfo dijo solo cinco palabras:

-No te separes del coco.

-Sí, Comandante. Así será.

-Estos últimos minutos son los más peligrosos –Y
repitió el Comandante: -No pierdas de vista el coco
ni al Gil ese ni un segundo.

XXIV.

Nadie supo cómo apareció el Aguaele en la Bahía de la capital. Venía en la proa de un remolcador antiguo, sin calafatear, con las magulladuras del tiempo y miles de huellas de atraques frustres. La cabina imitaba una arcaica bacinilla napoleónica, copia de la usable sentina dejada por el multimillonario Perro Lobo en su huida invernal al Norte. El ruido del motor, como de un vapor hemisférico, inundaba el ambiente jubilar en torno al embarcadero, donde miles de insulares se fueron congregando desde la madrugada cuando las emisoras de radio y televisión anunciaron una sorpresa que vendría, simbólicamente, a través de las aguas, por donde mismo había salido. Todo el mundo supo entonces que se trataba de La Reliquia, hábilmente rescatada de las garras de los norteños. ¡Garras!, gritaba el bigotudo del Noticiero Nacional de Desinformación, ¡oh viejas garras pertinaces sobre la Isla infantil!, repetía imitando al poeta que dijo deberle todo cuanto escribía. Y allí estaba, abriendo una estela fina, apenas olas sobre el manto de petróleo en la Bahía capital; detritos, aves muertas y bolsas plásticas que eran los primeros de dar la bienvenida a la manera involucionaria.

En el puente, además de Gilberto, Armandito y otros tres de la delegación detrás, sin hacer bulto ni olas, en aquella marea de desperdicios. Llevaba el Gil el Aguaele entre las manos aunque le habían advertido que una ola, un pájaro muerto o una jaba plástica echada a volar por los alisios tropicales harían caer de sus manos, en sacrílega ofensa la reliquia.

Sin casualidad alguna, tan pronto zarparon de un puerto en la costa sur de Miyama, atravesando mangles y grillos que le cantaban a la luna, un par de hombres de la Inseguridad, quienes los habían acompañado todo el tiempo, tomaron al Canciller de la Rumba por ambos brazos y lo llevaron abajo, al camarote. El diplomático, que se creía hasta ese momento artífice del rescate, supo que su mejor destino era llegar preso a la Isla y no morir comido por los tiburones del Golfo. Armandito nada supo de la orden filadelfista hasta que el viceministro Alchor le dijo que debía bajar un momento. Armandito quedó aparentemente en el puente del bote. Pero le ganó la curiosidad, y se deslizó, sin ser visto, a un lado de la escalera.

- ¿Y esto, tú? ¿Qué coño es esto? —oyó que dijo Roberín, entre lágrimas.

-Una orden de quien tú sabes —dijo ahora Alchor Noke. - No quiere que llegues como un héroe a la Isla.

-Y de qué me acusan, dime, de qué me acusan, plebeyo –preguntaba entre sollozos quien vivía entre chistes y pasillos de danza.

-Eso no lo sé.  Solo sé que no es personal.

-¡Con el Comandante todo es personal, repinga!

-Chico, lo único que puedo decirte es que dale las gracias a él de que no te lancemos al agua…

Después de esas palabras, apareció en el horizonte una roca irregular, deslucida. Armandito regresó rápidamente al puente cuando alguien dijo que era la Isla, sin su peso. Una vez más comprobó Armandito que el Comandante era un hombre justo, virtuoso. Este Roberín Envaina siempre estuvo en el panfleteo, en el baile procaz y orillero, la risa inmotivada e hipócrita. Y no le tenía inquina. Tampoco era personal la cosa contra él. Pero se había bailado a Susana Oria Aventuras. No podía negar que se alegraba… quizás también por eso.


**El Aguaele de las Luces.**

*Por Delejos Carpintero.*

*Este día hemos visto La Reliquia alzarse nuevamente. Venía en la proa, como un faro que marcaba la entrada al puerto, a esta miniaturita de Isla desde donde se perciben los siete olores de la* mansedumbre, ninguno a hierba. Tiempo detenido en la inmensidad del Otro Tiempo, dueño aparente del destino, entre el ayer y un mañana la Estrella de Mar, la Osa Mimosa y la Cruz del Norte –ignoro si es la última guío en la fuga, pues no es mi oficio de delator saberlo-, y La Reliquia, con su retorno marca un antes y un después del Nunca Más... así, erguida en la proa, mitológica figura ovoide, huevo alquímico de la nacionalidad, parece anunciar sobre la mar que corta seca y tranquila la quilla, el viejo conocido nuevo mundo, el de-los-días-que-se-repiten, piten, piten. Allí está, seco y sin ruido, nuevamente entrando a la Isla gerencial, donde los sueños de los hombres caben en un grano de maíz, donde una presencia –una advertencia- a todos enseña: no dejar nunca más La Reliquia en manos ajenas, porque la innecesaria sed de venganza hace ver a los ciegos y caminar sobre las aguas a los listos –guiados nuevamente por esa Cruz que marca siempre el Norte... Y cuando póngase La Reliquia donde quiera, sobre tribuna o escritorio, mar y tierra, será objeto de adoración, viendo caer alrededor, hincados sobre rodillas, a pecadores y desafectos, a traidores y buscapleitos pidiéndole perdón, vomitados sobre siete espuelas de plata, un gallo y al arco con su argentada flecha de cazador... tal será el destino de La Reliquia; expiación y consuelo, porque seco y duro, la semilla del coco necesita morir para vivir en otro cuerpo.

Y allí, en puerto, viendo entrar La Reliquia triunfal, está el Mandatario. Lejos estaba el día en que fraguó la primera batalla por el regreso, y las *marchas, los discursos interminables, las ondas hertzianas a punto de estallar porque todo era Aguaele, la Isla y el mar, el sexo y el reverso, Aguaele sin más. El Mandatario recibe La Reliquia como se recibe un hijo: la ternura de la caricia primera, la lágrima del padre que abraza al invicto, y toca las huellas de la batalla sin terminar. ¡Águale bongó!, grita la multitud... y el Mandatario sonríe. Una vez más, otra cruzada, otra victoria contra el Imperio: hay que cuidarlo como lo que es, nuestro relicario glorioso... la masa humana surta en puerto, gritos de alegría, festejos por doquier, ha vuelto el Aguaele donde tenía que volver.*

-Chico, ¿quién escribió esta basura que ni se entiende? –preguntó Filadelfo a sus inmediatos, Fiel-Enroque y Hatuey Corona.

-Comandante, ese fue un trabajo por encargo –dijo Corona.

- ¿Encargo de quien, tú?

-Chacal, antes de irse, para publicarlo en el Órgano Oficial cuando trajéramos el Aguaele–dijo Fiel-Enroque.

-Y este tipo, el tal Carpintero, ¿estaba allí, en el puerto?

-No, Comandante, él vive en el Viejo Mundo. Escribió eso mirando la televisión… en colores, por supuesto.

Filadelfo no podía creer lo que le estaban diciendo. Se suponía que este trabajo periodístico, en primera plana, era la bienvenida oficial al Aguaele, furtivamente entrado por mar, balsero el propio Aguaele, escapado de las zarpas migratorias federales. Recordaba el Comandante, acaso una o dos veces haber visto al Carpintero, uno de esos intelectuales que la Involución había subido a su carro, y hecho visible a las grandes masas, a pesar de que el pueblo no entendía ni un papa de lo que este y otros intelectuales escribían. En el caso de Delejos, famoso en el Viejo Mundo, agasajado en los círculos más selectos de la inteligencia y las cátedras involucionarías de las antiguas metrópolis, era prensa necesaria, vital, para construir una cultura involucionaria de nuevo tipo. Pero de ahí a confiarle la primera plana por el regreso de La Reliquia…

-Miren, lo que fue publicado ya no tiene remedio –explicó Filadelfo haciendo un esfuerzo por aparentar calma-. Machacando hizo zafra con el Órgano el otro día. Pero ahora le toca a Chacal.

-Comandante, usted disculpe, Chacal… -dijo Hatuey Corona con un gesto de clemencia.

Filadelfo lo tocó por el hombro. Era muy cercano al exdirector. Ambos habían militado en la Senectud Sociolista y hecho carreras políticas paralelas, llegando cada uno a la cima del poder político. La caída de Chacal, aunque esperada, podía arrastrar consigo a otros empalagados con las hieles del poder.

-Vamos a esperar que pasen estos días de fiesta, ¿eh? — dijo Filadelfo en tono conciliador. - Hay que declarar una semana de alegría y pachanga. Después, prepárense. No les digo más.

Hatuey miró a Fiel-Enroque y entre los dos al general Zambuca, llamado a Palacio a última hora, sin que nadie supiera para qué. Zambuca hizo un gesto de sorpresa con los hombros: ni él mismo podía adivinar para que tenían que prepararse.

XXV.

Se decretaron diez días de fiesta nacional. Y mientras el jolgorio popular se zanjaba con pipas de ron peleón, empanadas de aire y chicharrones de viento –la Isla entera festejaba una extraña presencia sin poder verla todavía- el Aguaele había sido retirado a una casa cerca del mar, en la Calle Primera. La policía impedía el paso de los transeúntes por la acera. En la casa de seguridad estaban alojados Gilberto y parte de su familia. En la sala, en una vitrina sin otra defensa que un cristal de media pulgada, La Reliquia. El Comandante había dispuesto todo un equipo pata atender a los propietarios y el Símbolo, con la advertencia de que esto sería una especie de retiro espiritual Aguaélico: les permitirían estar unos días junto a Él, y sería trasladado nuevamente al Museo Nacional. Solo que esta vez en calidad de préstamo. A partir de entonces el coco sagrado encabezaría la lucha del pueblo insular contra el enemigo del Norte. La Reliquia estaría en cada discurso, en cada reunión del pleno del Partido. Y era muy probable que la Asamblea Antinacional promulgara un decreto concediéndole el título de enseña nacional junto a la bandera y el escudo de la República.

La primera vez que Filadelfo se personó en la casa de seguridad, y vio La Reliquia, guardó varios minutos de silencio. Sus escoltas llegaron a pensar que se había quedado dormido de pie. Pero el líder hizo una gran inspiración, y en baja voz dijo a los presentes, familiares e invitados, que después de haber entrado triunfal a la capital de la Isla, este era el momento más emocionante que le había tocado vivir. Hizo venir a Gilberto hacia él y le dio un abrazo:

-Gracias, gracias en nombre de la Involución y la Patria –dijo emocionado.

Armandito, uno de los pocos a quienes permitieron estar en esa visita primera, no pudo aguantar las lágrimas. Filadelfo era un hombre sensible, además del gran estratega y pensador que era. Hubiera querido escribirle varios poemas, dedicarle unos versos octosílabos fáciles de musicalizar, para que sirvieran de apoyo a las marchas y las fiestas que en honor al Aguaele recorrían toda la Isla.

Cuando terminó la visita, y en lo que el Comandante y sus agentes de la Inseguridad personal se retiraban de allí, sintió unos deseos enormes de ver a su padre sin saber por qué. No iba a discutir con él. Tampoco quería contarle la experiencia única, vivida, de aquel encuentro en el Norte con el Gran Jefe Cabeza de Pinta, antiguo becario y amigo del a esta hora defenestrado ex Canciller de la Rumba, quien cuando era bajado del bote en una rampa militar antes de llegar a la bahía capitalina dijo a todos que como lo veían se iban a ver. No, eran cosas demasiado agridulces para ser contadas. Tendría que ser una visita corta, de apenas unos minutos, pues en el Órgano Oficial presentarían al nuevo director. Chacal había sido sustituido sin previo aviso, y nadie sabía con certeza su paradero. Se especulaba que casi todo el consejo de dirección del Órgano había ido a parar a un plan ceba de ovejos irlandeses en las montañas de Oriente. Allí, por fin Toro Sentado podría hacer las paces con Mancebo y con Capanegra, quien según los choferes de la empresa, seguía espiando a sus compañeros de infortunio. La única que quedaba para hacer el cuento era Zapatico. "Van a poner un nuevo director, y no vas a ser tu", le dijo a Armandito tan pronto pudo verlo en los pasillos del Órgano. "Entonces, ¿me van a tronar?". Zapatico sonrió. "No, hijo, tú vas pa'arriba, como la espuma".

Cada promoción, cada subida en la escalera del poder, lo conminaba a ir a ver a Armando Guerra, y no sabía por qué. Tendría que consultarse con el Doctor Franela, psiquiatra de la familia, y hacer caso omiso a su hiperhidrosis, esa sudoración pertinaz que lo hacía usar varios pañuelos en una sola sesión de terapia.

La casa de su padre, que fue la suya, parecía más descascarada, huellas inequívocas del abandono. "ven a buscarme en quince minutos", le dijo al chofer. Toco a la puerta, y para su sorpresa quien abrió fue Ángeles.

-Le he cogido el gusto a cocinarle a tu padre. Y también lavo y limpio –dijo ella.

-Me imagino que te pague –dijo él.

-Sí, más o menos –dijo ella.

Una voz conocida, la del padre, tronó desde adentro.

- ¿Más o menos? ¡Habrase visto mujer más descarada!

Armando vino hasta la puerta y dio un abrazo a su hijo. Era mediodía y Ángeles debía volver a la bodega antes de que Isidro cerrara.

-Me alegra verte de nuevo -dijo.

-A mí también.

-Pero no me llames ni vayas a mi casa –dijo ella. Y cerró la puerta.

- ¿Qué le pasa? –preguntó Armandito a su padre una vez a solas.

"Cosas de mujeres", dijo Armando invitando a su hijo a sentarse en el mejor sillón, aun sin desfondar, que quedaba en la sala. Ángeles venía un par de veces por semana. Le traía los productos de la bodega, compraba algunas viandas y frutas, y cocinaba para toda la semana. También limpiaba, y salvo la ropa interior, lavaba toda la ropa. Armando le pagaba, en efecto. Y muy bien. En la Desunión de

Escritores habían reditado un par de libros de poemas suyos, que ahora se vendían en moneda norteña –"¿podrás creer eso, hijo?"-, y de ahí le daban un por ciento. Suficiente para poder pagarse el lujo de tener a Ángeles ayudándole y otros pequeños, discretos placeres casi olvidados. "Creo que lo hacen por ti", dijo el poeta. "No lo creo, Papi. Lo hacen porque la Involución no se equivoca. Y si se equivoca, rectifica. Tu eres uno de los mejores escritores de la Isla". "No, Armandito, no rectifica. Me necesitan, y por eso es que me han desenterrado, hijo".

En ese momento Armandito supo que se deslizaba, peligrosamente, a otra confrontación. El padre no podía superar el pasado. Anclado estaba, entre frustraciones y deseos pospuestos. Por un momento creyó que podía venir a vivir con él para acompañarlo. Alguien de la Inseguridad del Estado comentó que los jóvenes sodomitas revoloteaban de nuevo por allí; a un cuadro político de su nivel no le convenía estar en medio de "esa pajarera".

El claxon del automóvil sonó dos veces. Era la señal.

-Bueno, Papi, me tengo que ir.

-Pues bien, hijo. No te pierdas.

-Nunca. Nos vemos pronto. Cuídate.

Armandito salió a la calle y le pareció que Ángeles regresaba con una bolsa en la mano. Pero no tuvo tiempo para esperarla. Cosas más importantes que una relación contrariada aguardaban por él.


La dirección del Órgano Oficial fue asignada a una periodista mediocre llamada Elba Rendera. Armandito la conocía de las muchas tribunas cerradas y mesas cuadradas. Se comentaba que el padre de Elba recibía una pensión del Norte, y que ella había hecho una renuncia formal a todo tipo de moneda del enemigo. Eso le ganó la confianza de Filadelfo, quien la puso a revisar sus discursos, y colocarles epítetos a sus adversarios. Aunque era fatal escribiendo, era una acuciosa cazadora de gazapos. Cuando se paraba frente al micrófono podía estar horas discurriendo sin perder el hilo. Su problema era llevar las ideas a la mano y de ahí al papel o al teclado de la máquina. De niña le habían diagnosticado una disgrafía marginal, sin que nadie supiera qué cosa era eso. Con Armandito, Elba Rendera daba rienda suelta a sus frustraciones escriturales. Una curiosidad casi científica era que a pesar de no poder escribir bien, Elba Rendera era una virtuosa creadora de adjetivos para enmascarar las verdaderas identidades de las cosas. De ese modo, a los desempleados los llamaba utilizables, a las prostitutas, montadoras, a los vagabundos, errantes y a quienes tenían un negocio privado, proveedores individuales. También ponía motes que eran etiquetas para toda la vida. De esa manera, "Cremoso" era Pérez-Chapucero el ideólogo del Partido, por su adulonería al Comandante; "Pelusín" era Hatuey Corona por su calvicie y Fiel-Enroque "Jabalí", por el moquero siempre afuera. Elba Rendera, además, era la querida de Machacando Aventuras, cuarenta años mayor que ella. Eso la convertía no solo en una de las mujeres más intocables del Partido, sino en la oreja más cercana al pueblo y a Filadelfo. Armandito, en su calidad de subdirector, tuvo que despachar varias veces con ella. Ya se sabía de su promoción en el Partido. Pero nadie, excepto Elba, sabía para qué y cuándo.

En una de aquellas reuniones, apareció el general Ruzlano, hermano de Filadelfo, segundo secretario del Partido. Era un hombre casi invisible, que no solía salir en público, y que estuvo ausente en casi todo el proceso del Aguaele. Lo que parecía una casualidad, rápidamente se confirmó como una cita confidencial.

-No te conocía, pero me han hablado mucho de ti. – dijo el general Ruzlano.

Armandito, de pie, no supo qué decir. Ruzlano hizo un gesto indicándole que se sentara. Elba ordenó hacer café para todos. El general dijo con poca azúcar. Después de preguntar cómo iban las cosas, el segundo del Partido preguntó a Armandito si tenía alguna formación partidista, esto era haber pasado las escuelas superiores de formación involucionaria, y las academias de lucha ideológica. "En las Fuerzas Desalmadas hay una formación sólida en eso", advirtió Ruzlano. Mientras tomaban el café, el general hizo un recuento de las ultimas batallas de escritorio que había tenido con disientes en torno al Aguaele y su exagerada connotación política. Eso era un asunto de su hermano, que todo lo tomaba personal, como algo religioso. Él no era un hombre de fe, porque los curas lo maltrataron mucho de chiquito, y aunque como decía el dicho de chiquito no se vale, a él si le había dolido la espalda toda la vida. Por eso ahora le proponía al joven Armandito que pasara a trabajar en su oficina, y al mismo tiempo, la Escuela Superior del Partido, con clases avanzadas de contrainteligencia y contracultura. Necesitaba un secretario personal capaz de enfrentarse, sobre todo, a quienes dentro del Partido decían que su hermano estaba loco –"cosa que como sabes, no han dejado de decir nunca, desde el principio"- y detrás de eso se ocultaba un probable golpe de estado. Armandito sería un recopilador de información de primera mano, incluso con más acceso que los compañeros de la Inseguridad del Estado, y los miembros de la escolta.

-No tienes que contestar ahora sobre trabajar conmigo–dijo el general Ruzlano poniendo la tasa de café casi llena sobre el escritorio de la directora, Elba Rendera. –Pero si necesito que pases las escuelas.

-Así lo haré, general –dijo Armandito.

Elba Rendera se levantó de la silla cuando el general dio la mano a la joven promesa del Partido.

-Todo un cuadro –dijo Ruzlano.

-Todo un cuadro –dijo Elba sonriente.

En ese momento, Armandito Fernández hubiera dado lo que no tenía por saber el sobrenombre que la directora ya le había encajado.

XXVI.

Armandito estaba en la clase de desinformación internacional en la Escuela Superior del Partido cuando supo que Filadelfo había sufrido una caída casi mortal desde la tribuna donde hablaba al pueblo. Primero fue un murmullo en el auditorio, que el profesor Ghan Dinga, un indio apóstata aplatanado en la Isla, trató de acallar con disimulo. Pronto alguien de la secretaría pidió permiso para entrar, se acercó al profesor del engaño, y tras decirle algo al oído, abandonó el aula. Ghan Dinga entonces se dirigió a los dirigentes del Partido que eran sus alumnos:

-El Comandante ha sufrido una caída grave –dijo en tono luctuoso.

El auditorio explotó en risas. Una verdadera enajenación, entre risotadas y chillidos. El maestro Dinga no salía de su asombro. ¿Cómo una cosa tan seria podía provocar tanta alegría, jolgorio? Por un momento pensó lo que un día le dijo en confesión un militante del Partido: los primeros contrainvolucionarios son los miembros del Partido; ellos aman y odian a Filadelfo en un juego neurótico, mariconeril. Ghan Dinga, recién llegado del Jardín de Benarés, creía que detrás de tanta sinceridad se escondía un oportunista más. Aunque entonces no entendía qué quería decir "mariconeril", estaba al tanto de los libros del Psicoanalista Mayor cuando vivió en la ciudad de las brumas y los aguaceros impenitentes. Ahora, viendo con sus propios ojos el efecto desacertado de la noticia, tendría que admitir la verdad de aquella confidencia: los miembros del Partido no tienen bandera, están con el campeón hasta que pierda.

Uno de los alumnos, el menos indicado, se levantó sin permiso y sin poder aguantar la risa preguntó al maestro Ghan Dinga por qué la ponía tan fácil; cual desinformación era esa de Filadelfo caído, grave. "Ni caída ni gravedad profe. El Comandante es inmortal e invencible", dijo muy serio. Otros dos alumnos pidieron la palabra. Hasta este momento el curso para aprender a desinformar la población iba por buen camino, dijo uno. Pero eso de tomar la figura del Líder Máximo para mentir estaba fuera de lugar. Es más, aseguró el otro, podrían hacer una queja a la dirección de la Escuela del Partido, porque con el Comandante no se jugaba ni en sueños. Ghan Dinga abandonó el aula entre gritos de indignación que sustituyeron las risas. En solo unos minutos entró acompañado del director de la Escuela, el doctor Ramsés Vidó. Su presencia significaba seriedad, nada desinformativa. Era uno de los cercanos a Pérez-Chapucero, alias Cremoso, y a quien ni la mismísima Elba Rendera osaba poner mote. El alumnado hizo un silencio sepulcral. No tuvo que pedir calma. Los compañeros estudiantes sabían que algo grave había sucedido. Ramsés Vidó comenzó diciendo que como acostumbraba, el

Comandante llevaba el coco a todas partes, similar a los norteños con el "futbolito", el maletín con los códigos para el lanzamiento de la bomba atómica. Filadelfo lo había declarado con solemnidad cuando la prensa extranjera hizo una comparación anodina. "Este es mi futbolito moral, el de la Patria, el de la bomba atómica de la dignidad del pueblo", dijo. Y esta mañana, continuó diciendo el doctor Vidó, en la tribuna daba el Sol de frente, el Comandante tenía sobre el atril el Aguaele, y al tratar de taparse del Sol, con la mano lo hizo caer al piso. Enseguida fue tras de él, resbaló, y su cuerpo hermoso comenzó a deslizarse por el pavimento.  Ya lo están operando, concluyó el doctor Ramsés.

-Ahora pido a todos que regresen a sus puestos de trabajo, y estén al tanto de las noticias –dijo el director de la Escuela Superior del Partido Único.

Armandito estaba choqueado. No tenía trabajo. Solo estudiar con la promesa de Ruzlano de llevarlo a su oficina tan pronto estuviera preparado. Tampoco tenía casa donde ir, excepto la de su madre y hermana. A esta hora toda la plana mayor del Partido estaría pendiente de la operación quirúrgica, y de la posible sustitución, temporal, de funciones. Pensó irse al Órgano Oficial.  Pero allí estaría Elba Rendera rodeada de aduladores y mentirosos de oficio, cosa que a él provocaba alergia. Nunca supo por qué llamó a Susana Oria Aventuras.

-Ven para acá – contestó ella -. Me siento muy solita, desamparada. Tú sabes que el Comandante es como un tío para mí.

La mansión de Susana Oria estaba rodeada de oficiales de Tropas Criminales, el cuerpo elite de Filadelfo. Susana tuvo que ir hasta la cancela personalmente, y pedir que lo dejaran pasar. Armandito enseguida la notó ebria; caminaba dando tumbos, y él tuvo que sostenerla para que pudiera subir los quince escalones que daban a la puerta de la mansión.

-Susana, has estado bebiendo –dijo él una vez adentro.

-Un traguito, Mandy, un traguito… para olvidar las penas –dijo ella.

Susana Oria se dejó caer en el sillón de piel. A su lado, en una mesita auxiliar con un jarrón de porcelana, un vaso con hielo y restos de wiski de malta. Armandito se sentó enfrente, en el reclinable donde Machacando acostumbraba a verse en todos los noticiarios de la Isla. A esa hora la casa parecía desierta, ni siquiera la cocinera estaba por todo aquello, pues la madre de Susana, antes de irse al Palacio de la Involución le había dado la noche libre. Ruzlano convocó a los dirigentes del Partido para tomar alguna decisión si las cosas salían mal. El hermano de Susana, Serafíno, apenas venia por casa de los padres; en un día como este era muy probable que estuviera más borracho que ella.

-Sabes, Mandy, que bueno que estas por aquí –dijo Susana tomando una botella de wiski de detrás del sillón, y llenando el vaso hasta el borde. - No nos podremos acostumbrar a verlo desaparecer. Él es nosotros, Mandy. Sin él, la Isla, esta Isla de mierda, se va al carajo. Eso lo sabe todo el mundo. Todo el mundo, Mandy. Por eso mi papá estaba tan nervioso. Él no estaba en ese lugar. Estaba aquí, en su oficina, escribiendo algo. Y lo llamaron por teléfono. "El Comandante se cayó", le dijeron por teléfono. Yo estaba en la sala, viendo no sé qué cosa por televisión. Y Pipo gritó: "Como que se cayó Filadelfo?" ¿Qué dice, que el Comandante se cayó? Pipo a lo mejor pensó que la caída era del gobierno, porque dijo que había que avisarle al compañero Ruzlano, el segundo del Partido, pero parece que la voz del otro lado le aclaró que era una caída de sus propios pies, que se enredó con esa cosa que han traído, el coco ese…

-Susana, Susana –la interrumpió Armandito-. No hables así del Aguaele.

-No, chico es que me da roña.  ¿Tú sabes lo que es perder el equilibrio por un coco seco?  Y lo más bonito, lo llevan al hospital del pueblo ese donde estaba hablando y no había ni sabanas en las camillas. Me contó mi papá que al comandante se le quitó el dolor del disgusto, según dijeron los compañeros de la inseguridad personal…

- ¿Y ahora donde lo tienen? —interrumpió de nuevo Armandito.

-No, ya lo están trayendo a la capital. Dicen que las heridas son muy graves, que tal vez no sobreviva.

Susana Oria estalló en un llanto infantil; se ovilló sobre sí misma, adoptando posición fetal. Armandito fue hacia ella. Olía a alcohol y a perfume, rara mezcla que resonaba a montadoras del puerto. Ella se abrazó de su cuello; sus labios, calientes y húmedos, lo besaron con fruición suicida. Al principio Armandito no respondió. No era momento para amores tristes. Algo le decía que la única manera de ayudarla era acceder, una vez más, a sus muchos caprichos carnales. La levantó del sillón. Secó sus lágrimas. Ella lo volvió a besar, y tomándolo de la mano, lo llevó a su cuarto, en el segundo piso.

Siempre habían hecho el amor en la sala, dentro del carro, en los hoteles del Partido y las casas de protocolo de la Playa Tumbadero. Jamás en las habitaciones privadas de la casa del Comandante Machacando Aventuras. La habitación parecía enorme, con un inconfundible toque infantil: decenas de muñecas, coquetas en miniatura, y una casita plástica en una esquina; era como si la muy adulta Susana Oria se resistiera a envejecer.

Ella se desvistió con la luz apagada. Cuando Armandito vino a dase cuenta, estaban juntos en la cama. A los pocos segundos de penetrarla, eyaculó un chorro enorme, caliente, que se desbordó sobre la sábana.

-Perdona, Susy, fui mi rápido.

Pero ella no respondió. Estaba completamente dormida, y roncaba.

XXVII.

En la medida que Filadelfo empezó a mejorar tras la cirugía -hubo que ponerle una rodilla artificial y suturarle varias heridas en los glúteos, para las cuales no había una explicación forense-, el régimen comenzó a restructurarse liderado por Ruzlano y sus generales. El hermano del Comandante seguía trabajando desde las sombras. Su gestión era más visible que cuando la luz daba a Filadelfo y a los llamados talibrones el máximo esplendor.

Ramsés Vidó raramente traía alumnos a su oficina. Armandito se puso nervioso cuando lo mandó a llamar, interrumpiendo la clase de Historia de la Involución, una conferencia semanal que daba el doctor Elzevir Ó. Los exámenes finales estaban a punto de comenzar. Nunca había estado en la oficina del director. Ni siquiera cuando uno de los ayudantes de Ruzlano lo trajo, personalmente, y se presentó a Ramsés Vidó. En aquella ocasión, recordaba Armandito con aprehensión, fue recibido en un aula sucia y abandonada; creyó que las relaciones entre el director de la Escuela del Partido y el general no eran buenas: así trataba Vidó a los recomendados por el hermano de Filadelfo. Una vez más se equivocaba. "En política", le dijo Pérez-

Chapucero cuando era subdirector del Órgano Oficial, "una cosa es lo que se ve y otra lo que sucede realidad".

La oficina de Ramsés Vidó era más bien triste, sin ventanas ni los acostumbrados cuadros de naturaleza muerta al uso en las oficinas del Partido. No podía faltar la foto de Filadelfo saltando de un carro de basura al entrar en la capital, ni la de Ruzlano, con boina y trenza hasta la cintura. Sobre la pared, también, diplomas y medallas. Una larga vitrina contenía todos los volúmenes del líder de la Revolución Sura, los discursos de Miao Tse compilados en el Gran Libro Escarlata -varios tomos-, y no podían faltar los muchos textos con los discursos de Filadelfo, empastados en piel. Unas figuras de yeso remedaban los bustos de los héroes e inmolados en la Guerra del Balano. El escritorio era sencillo, de bagazo forrado con formica; las sillas, también humildes, eran las mismas en una pequeña mesa de reuniones en la parte de atrás. Solo el sillón detrás del buro parecía desentonar, forrado en piel de cabritilla, con las marcas de las sentaderas de un usuario habitual.

-Siéntate, hijo -dijo Ramsés Vidó.

La palabra "hijo" le dio algún alivio.

El doctor Vidó fumaba una pipa nacarada que se apagaba con frecuencia. Un instante que tomaba para encenderla de nuevo. En realidad, una pausa necesaria para pensar cada palabra, cada frase. Era hora de que Armandito supiera de una vez que no era igual a los otros alumnos del aula, empezó diciendo el director. Había allí jefes de empresas, secretarios del Partido, castigados y rehabilitados después de purgar años en planes arroceros, fincas de ceba y embajadas peligrosas. Una masa, dijo Vidó, amorfa, extraña, y a la vez potencialmente domable, controlable. La función primera de la Escuela del Partido era esa: uniformar el pensamiento de los dirigentes de la Involución. No importaba si habían sido embajadores, obreros metalúrgicos o líderes sindicales. La Involución los necesitaba; todos debían estar en la misma página, la del Comandante Filadelfo. Y de eso se trataba la escuela, nada más.

-Usted disculpe doctor. Eso lo sé. Lo que no sé es que hago yo aquí.

Ramsés Vidó se tomó unos minutos para cargar la pipa. Las pausas en una conversación como esta era algo que el joven poeta debía acabar de aprender.

-Yo tampoco lo sé, muchacho. El general te quiso en la Escuela y por algo será.

-Pero hasta ahora usted no me había llamado a su oficina.

-La enfermedad del Comandante y la delegación de sus responsabilidades es un giro de ciento ochenta grados en nuestra vida política, Armando –dijo Vidó sin pausa y sin pipa.

-Entonces… ¿usted cree que el Comandante no se recupere?

-No fue eso lo que dije. Dije que habrá un cambio casi total en la política interna del país.

Armandito seguía sin entender. El director se dio cuenta: era hora de decirle por qué lo había llamado a la oficina.

-Vas a hacer los exámenes y después te vas para tu casa. Vacaciones. Hasta que te llamen.

Armandito no supo qué decir. Al terminar la Escuela del Partido debía ir a trabajar a la oficina de Ruzlano. Ese era el procedimiento. Al menos lo que tenía en mente. Cambio de planes en las alturas, sin saber la razón. Vidó supo leer la incertidumbre del joven.

-Armando, apréndete esto: mientras menos preguntes mejor. ¿Te sabes el cuento del pajarito?

-No, no lo sé, doctor.

-Pues había un pajarito en medio de la pradera y de pronto vino una vaca y depositó sobre él una plasta de mierda. El pajarito saco la cabeza para respirar, y entonces un gavilán lo agarró por la cabeza, se lo llevó y se lo comió. Moraleja: todo el que te caga no te quiere hacer daño, permanecer en la mierda no es agradable, pero se está caliente y protegido; y si estás cagado, ni te muevas.

Armandito trató relajarse, simpático:

-¿Acaso estoy cagado, como usted dice?

La pipa de Ramsés se había apagado de nuevo. Ya no necesitaba más tiempo.

-Nadie dijo que estabas cagado. Pero hay una gran cagada y lo mejor es que ni te muevas.


Sin automóvil, sin nada que hacer más que refugiarse en los libros y tratar de rescatar los amigos cambiados por el poder y la lealtad Filadélfica, Armandito comenzó a visitar el barrio del Roche, donde había crecido y conocido a Ángeles, su primera aventura carnal. Poco a poco fue enterándose de los detalles de lo que parecía un degolladero de "cuadros del Partido". A veces lo anunciaban por la radio y la televisión:

*"En reunión del Pleno del Partido se acordó sustituir al compañero... por el compañero.... Se valoró como positivo su trabajo, y será asignado a otras responsabilidades"*.

Otras veces, alguien sin importancia, un empleado, una secretaria, un ayudante era quien llamaba por teléfono:

-Mandy, ya sabes lo que le pasó a fulano… ¿todavía no lo sabes? Te cuento…

En alguna ocasión comentó con el padre, en una de esas visitas más frecuentes ahora de lo acostumbrado.

- ¿No te extrañan todos estos cambios? –preguntó.

-Para nada –dijo Armando Guerra –. Es lo habitual en estos casos. Desde que el hombre existe, hijo. Cada emperador, cada rey pone a su gente de confianza, no importa que hubieran sido fieles al padre o al antecesor. Y tiene suerte la gente de hoy. En aquella época la familia y hasta lo criados eran asesinados o deportados. Era la única manera de garantizar el poder, evitar las traiciones… y eso seguirá siendo así por los siglos de los siglos.

-En nuestro país es diferente, Papi.  Aquí hay una Involución verdadera. Y el Comandante Filadelfo, está vivo, no ha muerto.

-Pero no gobierna, Armandito. Fíjate en una cosa, ¿has oído hablar otra vez del Aguaele?

-Bueno, está en el Museo Nacional, creo.

-Eso mismo. Se acabó. Estamos entrando en otra época.

-Pero los ideales son los mismos, Papi…

Cuando la conversación llegaba a este punto, Armando trataba de cambiar el tema. No quería alejar a su hijo de nuevo, atrapado, como estaba, en esa nube de superstición y fanatismo por un hombre. Como una pared contra la cual las razones rebotaban. Respuestas que eran más agresivas en la medida que el juicio y la coherencia desmontaban argumentos.

Fue al final de una visita cuando Armando dijo, sin que el hijo preguntara, que Ángeles no lo ayudaba como antes porque estaba estudiando.

- ¿Qué estudia?

-Regresó a la Universidad. Enfermería. Ella había terminado el técnico medio en enfermería. Ahora puede ser universitaria… licenciada en enfermería.

-Me da pena ir a verla. Ha pasado mucho tiempo.

-Pero ella no deja de preguntar por ti.

-Bueno, sí, pasaré por la bodega en algún momento…

Prefería verla ayudando a Isidro en la bodega. Quizás de noche, porque a las diez de la mañana estaría en clases en la Facultad. Sin saber por qué, subió la loma. Desde la esquina vio la bodega abierta. Ángeles, junto a su padre, despachaba a un cliente. Armandito sintió un saltico en el estómago. Ella simuló no verlo al entrar. Isidro, en cambio, saludó como si nada. Lo extrañaba. Sabía que venía a ver al padre con frecuencia.

-Unas vacaciones prolongadas –dijo el bodeguero.

-Unas vacaciones necesarias -contestó Armandito.

Ella no pudo evitar el saludo del muchacho; el padre poco más o menos la obligó a besarle la mejilla.

- ¿Y qué Mandy, que haces por aquí? –dijo soltando el beso en el aire.

-Dando una vuelta –dijo él –. Creía que estabas en el Hospital, como me dijeron que estas estudiando otra vez…

-Sí, pero hoy dieron el día libre, por el aniversario del Hospital. Hay una actividad bailable por la noche.

-Te puedo acompañar, si quieres. No tengo nada que hacer.

-Ay, Mandy… tengo, mira, como decirte… tengo novio, es un muchacho que estudia en la misma Facultad…

Isidro lo miró de reojo. Con un guiño lo dijo: eso es mentira, no le hagas caso.

-Bueno, entonces hasta luego.

Armando Fernández, la estrella en ascenso del Partido, ahora sin saber si para siempre alejado del poder o en una espera prometedora, apareció en la fiesta de la Facultad sin aviso ni invitación. Algunos amigos del barrio lo saludaban con sorpresa, desconfianza. ¿Qué hacía por allí alguien que había picado tan alto?

En una esquina del parque de la Facultad, abrazada a un joven alto, trigueño, vio a Ángeles. La música era suave. Boleros de moda. Armandito no le quitaba los ojos de encima a la pareja.

De pronto, Ángeles se separó del trigueño. Discutían. El hombre la empujó contra la pared. Armandito quiso ir a defenderla, pero no tuvo tiempo: Ángeles le dio un bofetón que se oyó en metros a la redonda. El trigueño larguirucho se sobó la mejilla. Parecía sorprendido. Salió como un bólido a través de la muchedumbre. Armandito vino hasta ella.

- ¿Ese es tu novio? –preguntó.

- ¿Mi novio? No, tú dirás si ese *era* mi novio. Terminamos ahora mismo –dijo Ángeles excitada, con la voz cortada por el rencor.

- ¿Bailamos? –dijo él.

-Bueno –dijo ella sin pensarlo, como si lo esperara– Total, no vale la pena, ¿verdad?

Armandito no dijo nada más. Bailaban un bolero de moda. El la apretó contra su cuerpo. Ella no opuso resistencia.

XXVIII.

Parecía recuperado de la caída. Hacia ejercicios en el patio de su residencia principal, algo parecido a una casa en la playa de una sola planta, con cientos de metros a la redonda donde pastaban vacas y chivos que se comían los rosales y las acacias a falta de pasto en diciembre. Al patio de la residencia, fuertemente custodiada, salía Filadelfo una vez al día a hacer calistenia, guiado por un profesor de yoga que no exigía ninguna desmesura. Lo tomaba del brazo, lo llevaba hasta el borde de la piscina, y la paranoia del Comandante se encendía; no podía evitarla, era parte de su vida de conspirador taciturno.

-Me quieres tirar al agua, cabrón.

-Jamás me atrevería, Comandante –respondía el yogui tropical-. Sé que al menor movimiento un francotirador me volaría la cabeza.

-Entonces, ¿por qué lo haces? ¿Para asustarme? ¿Para darme envidia?

-No, para que usted vea su belleza en el agua, como Narciso.

-Ese Narciso era un comemierda. Se ahogó en su propio reflejo.

-Narciso no me tenía a mí, y usted si me tiene aquí, para cuidarlo.

Después del breve paseo por los bordes de la piscina olímpica y los yacusis, Filadelfo hacia algunos amagos de flexiones, indicadas y controladas por los ortopédicos, y pedía regresar a la terraza donde despachaba todos los mediodías antes de almorzar y tomar la siesta. Ruzlano venía en persona. Siempre traía el dulce que al hermano fascinaba: masarreal, una especie de paqueé con mermelada de guayaba en su interior.

-El compañero Alchor Noke fue sustituido por Aubel el Sucio.

- ¿No habíamos hablado de poner al Sucio como ministro?

- ¿Sí, pero Alchor está ahora en la Oficina de Historia del Partido?

- ¿Y Fiel-Enroque?

- Le va bien como ministro de exteriores. Ya no se saca los mocos en público.

-Bien, muy bien. ¿Y el resto de los muchachos?

Ruzlano demoró unos segundos en responder. ¿Acaso preguntaba por su gente, los llamados talibrones?

-Sí, chico, mis ayudantes –aclaró Filadelfo.

Ruzlano sabía que aunque había limitado las filtraciones a su hermano para evitar, decía, un empeoramiento de la enfermedad del Líder Máximo, ahora más mental que física, siempre aparecía por allí algún intruso, no reportado a la Inseguridad del Estado. Previendo una mal intencionada información, preguntó si alguien había hablado de la 'fiesta".

-¿Que fiesta? ¿De qué fiesta me hablas?

Ruzlano midió, una a una, sus palabras. Sus ayudantes, incluido Pérez-Chapucero y Hatuey Corona habían hecho una fiesta en el Museo de la Involución por el aniversario del Globo de la Abuela, un inflable aerostático que los trajo a las montañas para empezar la lucha por la libertad. Algún talibrón, joven sin maldad ni experiencia, rompió la urna -¿Dónde estaba su blindaje?- sacó al Aguaele y lo lanzó a los otros como una pelota de futbol. A esa hora todos estaban borrachos.

-El único que quiso parar la cosa fue Hatuey, pero no le hacían caso porque los muchachos decían que era calvo –dijo el general Ruzlano.

- ¿Y eso que tiene que ver? - preguntó Filadelfo.

-Nada -contestó el hermano. -Pero los muchachos empezaron a burlarse de él y no paraban de tirarse el coco entre ellos, y en una de esas…

-En una de esas, ¿qué?

-El Aguaele chocó con una pared y se abrió al medio.

- ¡Ay, mi madre! – exclamó el Líder Máximo-. ¡Ahora si estamos jodidos!

-Eso tiene remedio. Podemos hacerle una misa negra, aquí mismo, en tu casa –sugirió Ruzlano.

-Tráelo, tráelo para acá inmediatamente.

-Aquí lo traje. Lo tengo el carro, allá afuera.

-Y a toda esa gente, por favor, los mandas lo más lejos posible. Sobre todo, al traidor de Pérez-Chapucero ese…

-No te preocupes. Hatuey y Chapucero están en el extremo de la Isla, en un plan de ceba de tilapias.

Filadelfo se levantó del sillón de ruedas ayudado por el yogui. Debían traer al sacerdote Elmi Lagro, su guía espiritual. Cuanto más rápido arreglaran el coco menos posibilidad habría que los norteños los acusaran de apostasía.

Armandito se mudó para la casa de Ángeles sin apenas darse cuenta; comenzó por quedarse a dormir una noche en el desvencijado sofá de la sala, y a la noche siguiente, al sentir los ronquidos de Isidro, se pasó para la cama de ella, en el último cuarto de la casa. Después trajo una muda de ropa con el pretexto de una actividad en el Palacio de Involución; terminó bañándose en las tardes, al venir de la Escuela del Partido. Isidro cerraba la bodega después de las ocho de la noche. Armandito le sorprendía con alguna receta nueva, uno de sus hobbies. También estaba escribiendo de nuevo. Y al menos un par de veces a la semana pasaba horas en casa del padre, revisando la biblioteca –el único bien material que le quedaba a Armando Guerra.

El viejo poeta, más flexible, había aceptado por fin regresar a la Desunión de Escritores –la remoción de Pérez-Chapucero y de Alchor Noke trajo la desgracia, por carambola, de Barniz y su larga tropa de aduladores inculturales. Armando volvía a ser publicado. Daba recitales de poesía en los barrios marginales, y los hoteles de lujo. Una generosa pensión el Ministerio de Incultura le fue asignada además de un porciento de las ganancias de sus libros. Hijo y padre estaban ahora más cerca que nunca, y compartían, además de sus aficiones literarias, algo de intimidad, de recuerdos familiares, de perdones mutuos.

Otras veces, en la noche, Armandito se calzaba las chancletas, un short y una camiseta y se iba a casa de Papo, el vecino de la cuadra de Ángeles, a jugar dominó. Era una mezcla extraña, como todo lo insular: el arroz y los frijoles negros, el mar y la montaña, el dominó barriotero y la poesía gongorina. Ángeles empezó a quejarse del calor. Armandito trajo un ventilador chino de su casa. Y ese fue el momento en que no regresó. Isidro mismo los dejó en el cuarto primero, el que daba a la sala, más amplio.

-Si van a ser felices, que yo tenga un pedacito en eso…porque si esa templadera toda la noche no es la felicidad, se le parece bastante –dijo el bodeguero.

Cuando terminó el curso en la Escuela del Partido, Armandito se comunicó con la oficina del general. La secretaria dijo que el compañero Ruzlano se pondría en contacto con él en cuanto tuvieran algo para decirle. Quien llamó, en cambio, fue el ayudante de Machacando Aventuras. Armandito debía venir a Palacio lo antes posible. Tenían que hablar. Era su momento, sin duda.

Esperó por casi dos horas, se sentado en el recibidor de la oficina, hasta que el organizador del Partido pudiera recibirlo. Valía la pena la espera, pensó.

-Armandito, hijo, que alegría volverte a ver –dijo Machacando cuando pudo atenderlo. Pero no le dio la mano ni se levantó del sillón detrás del escritorio.

-Lo mismo, digo, comandante.

Después de preguntar por toda la familia, de saber que había concluido con muy buenas calificaciones la Escuela Superior del Partido, Machacando preguntó si hacía mucho tiempo que no veía a su hija, a Susana Oria. La pregunta sorprendió al poeta. ¿Qué tenía que ver Susana con esto? ¿No era esta una reunión para reincorporarlo a la dirección del Partido?

-No, la vi hace un par de meses, casualmente el día que el Comandante Filadelfo sufrió la caída… estuve en su casa… en la de ella, digo.

-Susana está embarazada, Armandito.

Una corriente fría corrió por la espalda al joven. Trató sonreír. Aquello era absurdo. Tenía que ser un chiste. Aunque Aventuras era el tipo más amargado que pisaba el Palacio de la Involución.

-Bueno… ¿y yo que tengo que ver con eso? –dijo.

Machacando quiso ser diferente a como se comportaba con sus subalternos; cuando sus gestos traslucían la intención de remover un dirigente ineficaz; No necesitaba evidencias del fracasado. Bastaba verlo temblar. Lo disfrutaba.

-Mira, tuviste la osadía de subir a nuestras habitaciones privadas… ¡y templarte a mi hija en su propia cama! –dijo sacando al verdadero Aventuras.

-Eso no fue así…  tan así.

- ¿Cómo que no fue así? – dijo Aventuras, ahora perdida toda compostura-. ¡Estás en todas las cámaras de vigilancia, cojones!

Armandito sabía que se la estaba jugando. Una palabra más alta que la otra, y Machacando lo dejaría ir, pero no iba a llegar muy lejos: cometería un error, saltarse una señal de Pare, cruzar una calle desprevenido, comprar carne de res de contrabando, y la policía se lo llevaría preso. Tal era la técnica aventurista: no te cojo por esto, si no por esto otro.

-Bueno –dijo al fin Armandito-, tuvimos una relación, sí. Pero ni ella ni yo queremos un hijo. Eso lo hablamos en otra época.

Machacando salió de detrás del escritorio. Se paró frente al muchacho.

-Pues mira, Armando, te hago un cuento. Mi hija no es una santa. Ha recorrido la seca y la Meca, y nunca, óyeme, nunca ha salido embarazada.  Y ha querido tener su hijito, como toda mujer. Trató hasta inseminación artificial. Hasta el Oriente la mande yo a ver si en el Templo del Caolín la curaban de ese útero rebelde, y nada. Nada de nada. Le dijeron que tenía una malformación, o una maldición, quien sabe… -el comandante Aventuras dio unos pasitos por la oficina. Regresó a sentarse detrás del buro. Cruzó los brazos sobre el pecho, y dijo: -Y resulta que vienes tú esa noche a mi casa, no hay nadie, subes a nuestras habitaciones, te la singas una vez y ¡zasss!, la preñas.

-Un momento, comandante, nosotros estuvimos otras veces… ¿y por qué el hijo tiene que ser mío? ¿Porque ella lo dice?

-Sí, chico, porque ella lo dice, y lo digo yo, ¿no te basta?

Armandito pidió permiso para retirarse. Se iba a casa. Lo pensaría. Lo último que quería era hacerles daño a Susana Oria y su familia. Pero aquello estaba muy raro. Iba a abrir la puerta de la oficina cuando entró uno de los ayudantes de Machacando. Miró a Armandito y al comandante un par de veces. Traía un mensaje, urgente.

-Suéltalo –dijo Machacando. Señaló al joven que salía y agregó: –Si es una mala noticia, que el compañero se entere ahora. Está de regreso a la dirección del Partido.

El ayudante estaba excitado. Era sobre el comandante Filadelfo. Se había caído en la piscina de su casa, y tragado agua con cloro. Ahora estaba en el Hospital Bidel, con unas diarreas que no paraban y amenazaban quitarle la vida.

XXIX.

El nuevo secretario de Exteriores entró a la Oficina Ojal sin pedir permiso, una vez más, interrumpiendo la sesión de sexofón del presidente Fríltron.

-Encienda el televisor, presidente -dijo. -No lo va a creer.

La pasante apartó la boquilla. Fríltron se arregló el tiro del pantalón y pasó al cuarto de al lado, donde tenía comunicación con todo el mundo a través de una enorme pantalla en la pared.

-Los canales de la Isla. Póngalos -insistió el de Exteriores.

Tocaron a la puerta de la oficina con fuerza. Eran el nuevo jefe de despacho y el director de la V.I.A, Ted Ohí.

-Señor presidente, ¿ya se enteró de la noticia? –preguntó el director de la Vigilancia Internacional.

-No, no, pero pasen… -dijo el presidente.

Algo confundido, quizás por haber cortado su clase matinal se sexofón, Fríltron buscaba uno de los tres canales de televisión de la Isla. De pronto, en la pantalla apareció el general Ruzlano. Tenía la cara ajada y los ojos abiertos, como si la diarrea incontenible del hermano se le hubiera pegado; la piel de la cara, demasiado estirada y grasienta descubría el maquillaje de ballet que solía usar en la intimidad de su cuarto. Hablaba con voz de ultratumba, sobreactuada:

"…*comunicar al pueblo y al mundo que el Comandante Filadelfo, tras una penosa y desagradable enfermedad, ha fallecido esta mañana. Las honras fúnebres…*"

-Pongan en alerta a la Marina y la Aviación en la costa sur -dijo el presidente apagando el televisor.

-Es hora de hacer volar sobre la Isla los aviones de papel –dijo el de Exteriores.

- ¿Para qué? –preguntó Ted Ohí. – ¿Para que los tumben esos hijos de puta?

-Avión de papel, mi amigo fiel, quiero conocer amigos de aquí y de allá –cantó el presidente Fríltron.

-Eso, lo que dice el presidente. Es hora de enviar un mensaje de reconciliación, de paz –dijo el jefe de despacho.

-Yo creo todo lo contrario –fue el de Exteriores, acercándose al presidente Friltron como para decírselo al oído. –Esa gente jamás serán nuestros amigos. Nos odian… y nosotros a ellos.

-Pero como dice el dicho, muerto Filadelfo se acabó la rabia –bromeó el presidente.

-Se olvida usted que queda el hermanito –dijo Ted Ohí. –Yo dejaría que los insulares exiliados tomaran la iniciativa. Como sucedió con la cosa esa… el agua…

-Aguaele, el Aguaele –aclaró el jefe de la Oficina Ojal.

-Eso, el Aguaele –dijo el presidente. –Dejemos que los exiliados de Miyama celebren y decidan qué hacer con el general Ruzlano y su gente.

-Usted sabe, señor, y con su permiso, que las elecciones en el sur dependen de esos insulares –dijo el secretario de despacho en un tono quebradizo.

-Lo sé. Claro que lo sé. Por eso no quiero ningún acto hostil de nuestra parte, y el estado de alerta de la Marina y la fuerza área es un mensaje para los de aquí, no para los de allá. ¿Entienden?


Tantas veces se había anunciado la enfermedad y la muerte de Filadelfo, que Armandito, en un hotel donde pasaba el fin de semana con Ángeles, no quiso creerlo. Cuando puso la Calamidad de la Mañana, la revista matinal del canal televisivo principal, esa era la noticia, dada en cámara por el mismísimo general Ruzlano.

-Se murió el Comandante –dijo con voz entrecortada.

- ¿Quién? –preguntó ella con un bostezo, todavía en la cama.

-Filadelfo, se partió. El Comandante…

-Bueno, por fin descansó. Después de la caída parecía un guiñapo.

-No digas eso, Angy. Él se veía muy bien.

-Chico, todos ustedes parece que ven con otros ojos, viven en otro mundo. Ese viejo estaba para morirse hace rato.

-No quiero discutir contigo. Mira, tenemos que irnos.

-Pero la reservación es hasta la once de la mañana.

-Si, por eso mismo. Recoge que nos vamos.

-Mandy, ¿estas molesto? ¿Pasa algo, además de *eso*?

Armandito creyó que era el momento para hablarle. Volvió a la cama. La acarició. Y empezó a contarle. Querían adjudicarle un hijo que no era suyo. Ella dijo que eso era muy fácil; si el chiquito no era de él, bastaba la prueba de paternidad. No es tan sencillo, dijo Armandito, por de quien se trataba. Ángeles, que conocía la historia de Susana Oria, adivinó que una vez más ella se interponía en sus vidas.

-Puedes no reconocerlo, Mandy. Pedir la prueba de paternidad.

Armando Fernández sonrió. ¿Cómo alguien podía ser tan inocente? Pero suponía que muchas otras cosas estarían por suceder en los días siguientes, así que la tranquilizó:

-Claro, Angy. Claro. Eso es lo voy a hacer.


El general Ruzlano no quiso hacer muchas investigaciones. Lo más importante era garantizar unas exequias tranquilas, en paz, dado que en Miyama no cesaban las manifestaciones de júbilo.

-Hijos de puta. ¿Cómo se pueden alegrar de la muerte de un ser humano?

Pero no eran solo los exiliados, enemigos frontales, declarados, los únicos alegres con la muerte del Comandante. Zambuca vino un sábado en la mañana con informes escalofriantes. Los pocos talibrones que quedaban habían hecho una fiesta en la casa de un jeque árabe que se hacía pasar por gitano para escapar de la sentencia de muerte decretada por los judíos errantes. La Isla había sido su refugio por veinte años. En la casona que habitaba, en el selecto barrio de El Charquito, el gitano tropical celebraba orgías, con carne de puerco incluida en el mismo instante que el cadáver de Filadelfo era arrastrado al mausoleo.

Las imágenes eran desgarradoras para semejante irrespeto. El pueblo llorando, rajándose la única ropa que tenían, las mujeres hincadas en la tierra y sin zapatos, los hombres subidos a los postes de la luz que no funcionaban, y aquellos reclutas, empujando hacia el abismo sepultural una masa enorme de agua sulfurosa, imposible de retener en recipiente alguno. Habían construido una enorme cagarruta en medio del cementerio a la que el pueblo, al verla, de manera unánime, bautizó como El Mojón. Para que se acuerde de La mojonera, el barrio que tuvo al lado del Palacio de la Involución y jamás le hizo ni una letrina decente, escribió un corresponsal extranjero desde el asiento del avión que lo llevaría para siempre fuera de la Isla.

-Debía haberlo echado al mar. - dijo entonces el hermano.

En ese trance forense-luctuoso, prosiguió Zambuca el relato sobrecogedor, el cuerpo insepulto del hermano, los talibrones y el árabe ardiente se burlaban del difunto nadando en la piscina de la mansión de El Charquito, gritando que los salvaran porque se ahogaban entre excrementos y desechos plásticos.

Lo peor, informó Zambuca, era que el nuevo de Relaciones Exteriores, el infiel Fiel-Enroque, y el actual secretario de Ruzlano, Carlos Valenada habían retozado de la lindo en la oficina del Comandante mientras este se convertía en deposición líquida. No puede ser, dijo Ruzlano, ahora presidente por consanguinidad, Valenada estaba junto a mí en el cementerio. Zambuca sonrió. Era su hermano gemelo, general, Julio, Julio Valenada. ¿Cómo habían podido engañarme así, los míos, mi gente?, exclamó el general con lágrimas en los ojos y un cepillo de dietes en la boca. Zambuca, con la fuerza que ahora daba ser Ministro del Terror, respondió aquel sábado lluvioso en la que fuera la oficina de Filadelfo:

-Esos son los más peligrosos, los que están aquí, entre nosotros.

-Necesito buscar un secretario, joven –dijo a Machacando Aventuras. - Envíen a Fiel-Enroque donde jamás pudiera jugar ajedrez ni sacarse los mocos, y a Valenada junto al gemelo y doble de ocasión a los fosos de la Facultad de Derecho, para que aprenda a ser un verdadero izquierdo.

-Pues yo tengo un candidato que se pinta solo –dijo Machacando.

-No me digas, chico. ¿Quién? Porque no queda nadie. Nadie en quien confiar.

-El muchachito ese, el poeta…

-Armando Fernández del Solar.

-Solo que estará muy ocupado en los próximos meses –advirtió el comandante Aventuras.

-Sí, mucho trabajo por hacer.

-No, no me refiero a eso –dijo Machacando, e hizo un silencio incómodo.

-Suéltala, Aventuras. Suéltala ya.

-Embarazó a mi hija, y ella no quiere hacerse el aborto.

-Bueno, coño, que se casen, ¿no?

-Ese es el problema, que el tipo no quiere. Dice que no es de él.

Ruzlano no ocultó su frustración. Lo creía incapaz de semejante inmoralidad.

-Pruébale que es suyo. Hazle la prueba de paternidad, ¿no?

-Mi hija quiere casarse antes de que se le vea la barriga.

Ruzlano se movió en su silla, y finamente se levantó, ofreciéndole la mano a Machacando Aventuras para sellar el pacto.

-Déjamelo a mí. Yo voy a ser el padrino de esa boda
–dijo.

XXX.

-Tienes que irte ya. Te están esperando.

Ángeles y Armandito están sentados en el malecón de la Bahía, de espaldas a la ciudad y de frente al mar, como solían hacer los que soñaban con largarse, irse caminando sobre las aguas cual Resucitado, y alcanzar el horizonte donde los barcos desaparecen para siempre. Detrás de ellos reposa la gran ciudad, sus paredes descascaradas, el humo de los autos viejos y el tizne impregnado en las columnas; la ciudad con olor a frijoles negros y a humedad rancia, y cuatro infelices bebiendo alcoholes de alambique mientras juegan dominó bajo una farola triste.

-Es tarde, Mandy. Esa gente te va a venir a buscar.

Armandito sigue abrazado a ella. No quiere desprenderse. Dejar de sostenerla es renunciar a él mismo también. Hay algo atávico en el abrazo de la pareja. No se ciñe el otro, sino que es uno quien busca contrafuerte. Él no quiere soltar. Ni siquiera mirar hacia detrás, a los edificios apuntalados, en peligro de derrumbe. Porque miraría su propio derrumbe. Ángeles es como aquellos maderos entrecruzados, viejos y musgosos para aguantarlo en ascenso al mundo involucionario.

-Esta será tu oficina. Al lado del general Ruzlano.

-Vista a la calle, a la Plaza de la Involución.

-Así mismo. Eres muy afortunado. Eres el único que queda de tu gente…

- ¿De qué gente?

El viejo edecán de Palacio fue indiscreto. Quizás atrevido. A punto de jubilarse, nada tenía que perder.

-De los que le decían talibrones. La gente de Filadelfo –dijo.

-¡Ah! La gente de Filadelfo…

Ángeles ha vivido un infierno en las últimas semanas. No quiere que se vaya. Pero se tiene que ir. Es su futuro. Ha estado prolongado la agonía, alejando el día de la boda. "Una boda de *arcurnia*", se burlaba ella con una mueca agridulce. Y al día siguiente: "mejor te vas de una vez y no vengas más a dormir". Esa misma tarde lo llamaba a la oficina. "Angy, este es el Palacio de la Involución. Tengo mucho trabajo". "¿Solo dime si vas a pasar por casa esta noche?". Armandito miraba para todos lados, y en baja voz decía: "Si, pero no me llames más". No era para menos. La oficina del ayudante parecía un cuatro de desahogo. Justamente aquí Valenada y

Fiel-Enroque se habían puesto la soga al cuello mientras Filadelfo moría de unas diarreas inexplicables. Valenada y el canciller del tabique nasal desviado echaban a suertes las prendas del Comandante como si ya hubiera estirado la pata, como soldados romanos ante la Cruz Filadélfica, y el condenado a punto de expirar: una gorra y una casaca guerrillera a quien ganara en el cubilete. "Tres negros al tiro", dijo Fiel-Enroque soltando los dados. "Cuatro cundangos", dijo Valenada en su turno. "No me digas que los negros le van a ganar a los gallegos". "Bueno, los negros fueron los que lucharon contra los gallegos en la guerra de Dependencia". "Mira, tira otra vez y deja la bobería". Valenada echó los dados: cuatro ases. "La gorra es mía, y la guerrera también". "Esto es un juego, tú, comemierda". No lo era. Las cámaras de vigilancia captaron toda la escena, y muchas cosas más que por estrictas medidas de seguridad, el Ministerio del Terror jamás desclasificaría. Para el público, y los miembros del Comité Central, fue la fiesta en el Museo de la Involución y la rotura del Aguaele la causa eficiente de la carnicería talibrónica.

-Sí, la gente de Filadelfo. ¿Acaso no eras uno de ellos?

-¿Uno de ellos dice usted?

Ángeles sabe bien que por mucho que quiera, Armandito no puede permanecer a su lado. El pertenece al Partido, a la Involución, a esa piruja de

Susana Oria, quien solo quiere un apellido para su hijo.

-Yo nunca seré como ellos. Yo soy yo –dijo mirando a través de los cristales como la Plaza se llenaba de agua por una lluvia pertinaz y sin sentido a esa hora de la mañana.

-Eso dicen todos los que han pasado por estas oficinas –dijo con un suspiro el edecán. Viejo y cansado, en trámites de retiro, un buen consejo al joven se lo daba gratis. -Es mucho el poder en estos sitios. La gente se confunde, se equivoca, mijo.

-Creo que me estoy equivocando, Angy.

Ángeles sigue mirando el mar. ¿Qué le puede decir a esta altura? ¿Qué no se case con la hija de un importante miembro del Partido, de la Involución? ¿Y qué hacer con el general Ruzlano, ahora al mando de la Isla y padrino de la boda?

-A ellos lo que les importa es el figurao, Mandy. Ve, firma y sigue viviendo conmigo.

- ¿Y el chiquito? ¿Qué hago con el chiquito?

-Tú no dices que no es tuyo…

-Lo que digo es que no lo sé…esa mujer es una loca. Puede ser de cualquiera.

-Tienes duda, Mandy. Mira, vete ya. Te van a venir a buscar a mi casa y va a ser un escándalo del carajo. Papi no se merece eso.

Ángeles da la vuelta. Ahora mira la ciudad. Se ha apartado de Armandito. Baja del muro y camina por la acera, alejándose.

- ¿A dónde vas? -grita él.

Ángeles no contesta. Ni siquiera mira para detrás. No quiere volverse estatua de sal. El pecado debe ir donde pueda ser absuelto. El mar frente al malecón no es un buen lugar para ver morir el pez.


Toro Sentado se dejó caer debajo de la mata de mango. En toda su vida no había sudado como ahora, llevando pienso a las bestias, escardando tomates de ensalada, dándole de beber a animales que no acababan de adaptarse a la canícula insular. Y, sobre todo, estaba harto de los cuentos de Capanegra, que ahora era su mejor amigo y con quien compartía la litera. Tenían pase a casa cada tres meses, y en algún momento se preguntaron si aquello no era una condena a prisión con trabajo forzado más que un plan priorizado del Partido. Con ellos había estado Chacal. Por su buena conducta y no revelar los secretos de los pasadizos debajo de Palacio, lo movieron a las oficinas en función de contador, su profesión primera. Ninguno sabía a donde fueron a parar Pérez-Chapucero y el resto de los talibrones. Se comentaba -siempre eran chismes de pasillo, conversaciones de sobremesa- que el general Ruzlano los había ubicado según sus oficios y carreras universitarias, pero sin cargo de dirección y menos responsabilidades políticas. Fiel-Enroque podía ser visto en la Empresa de Electricidad, reciclando bombillas incandescentes -él había sido el de la idea de cambiar bombillos ahorradores de energía por bombillas gastadoras. Valenada, en cambio, regresó a la Universidad. En los sótanos de la Facultad de Derecho era el encargado de la hemeroteca y los préstamos a los estudiantes.

-Usted disculpe, pero… ¿usted no era el secretario personal del Comandante Filadelfo?

-No, no, se equivoca. Era mi hermano.

- ¿Su hermano? ¿Y dónde está? ¿Dónde lo metieron?

- ¡Y a usted que le importa! Mi hermano está y estará donde la Involución lo necesite.

De aquellos tiempos talibrónicos el único que parecía haberse recuperado y llegado a ser socialmente útil era el ex canciller de la Rumba, Roberín Envaina. Ya no robaba discursos para musicalizarlos. El tiempo pudo curar la herida; ahora se dedicaba a hacer esculturas con laticas de cerveza vacías, botellas plásticas y cajas de cartón. Roberín era el canciller de la escultura reciclable: había vuelto a viajar al exterior, ensenándole a los ricos que los pobres podían hacer arte con los desechos. A esa iniciativa se sumó Alchor Noke, quien imprimía propaganda en varios idiomas y los colores de la bandera nacional. En la imprenta donde trabajaba como linotipista C lo dejaban solo en el horario de almuerzo; aprovechaba para tirar algunos ejemplares. El director de la imprenta era un hombre agradecido: cuando fue escolta de Machacando Aventuras, Roberín le había enseñado unos infalibles pasillos de rumba. Con esas habilidades de danza, el guardaespaldas decía haber conquistado medio mundo.

-Ven, chico, y tómate un traguito conmigo -dijo Susana Oria al escolta, un fornido chino mulato que no se movía de la puerta de su casa.

-No puedo. Tu padre me mataría -dijo el militar.

-Entonces déjame bailar un poquito contigo aquí.

- ¿Aquí? ¿Aquí afuera?

-No chico, entra. Nadie te va a ver. ¿O es que no sabes bailar?

- ¿Que no sé bailar? No jodas. Mira los pasillos que me enseñó un amigo.

El chino mulato cabrioleó sobre el césped como si estuviera en un piso de granito. Fred lo hubiera envidiado a morir. Finalmente aceptó entrar a la casa con la precaución de que Susana desconectara las cámaras y la alarma. Y estuvieron bailando durante varias semanas hasta que Susana Oria comenzó a marearse y a vomitar cuando el chino mulato le daba vueltas.

De pronto, el vigilante fue a parar a una imprenta sin haberse leído un libro en su vida. Allí volvió a pecar: dejó que Alchor Noke hiciera la propaganda de las esculturas reciclables del ex canciller. La segunda no se la perdonaron, y fue enviado a un país lejano, en guerra, cerca del frente de combate. Lo habían visto bailar, por última vez, encima de un tanque de guerra que voló por los aires al pisar una mina oculta en la carretera.

TELON (de fondo).

Armandito Fernández del Solar se paró frente al cristal que tomaba toda la pared, del techo al suelo, y se sintió extraño en el despacho de quien fuera el Comandante Filadelfo. Ahora del general Ruzlano, parecía más recogido, ordenado, con olor a rosas silvestres. Debajo, a la altura de varios pisos, podía verse el amanecer en la Plaza de la Involución. Las farolas se iban apagando, y el Sol, ardiente y tropical, emergía por el este. En el cristal se reflejaba la cara de un niño recién nacido. "Se parece a ti", dijo la madre. "Se parece el padre, chica. Este niño es chino, y renegrido", fue Armando Fernández, ahora Premio Nacional de Poesía.

La cara del niño dejó pasar un pequeño rayo de luz, inoportuno, que se coló hasta una esquina de la oficina. Allí, como abandonado, un coco seco teñido de rojo, abierto por la mitad, abandonado, o quizás ni eso, olvidado.

Entonces Armandito sintió una voz ronca, jadeante a sus espaldas. Y un aliento viejo, como de frutos amargos:

*Desde las alturas la ciudad te contempla/Todos saben que estas allí, encerrado/Entre misterios y soluciones, y de días/Sin ver el Sol.*


**Miami, Diciembre 27, 2019**